KB127797

세컨하우스로 출근합니다

세컨하우스로 출근합니다

은퇴 후
건강하고 아름다운 삶을
시작하고자 하는 당신을 위하여

한준호 지음

푸른향기
Prunbook Publishing Co.

여행자의 집

한지은 | 딸, 『스페인의 빨간 맛』 저자

의과 대학 교육 과정에 '일렉티브'라는 과정이 있다. 학생들이 스스로 선택한 의료 현장으로 몇 주간 실습을 다녀오는 과정이다. 이 기간을 활용해 학생들이 방문하는 현장은 다양하다. 평소에 관심 있던 임상 의료 현장이나 연구실, 선진국의 유수한 병원, 해외 의료 봉사 현장까지.

본과 4학년에 재학 중이던 시절, 내가 선택한 행선지는 태국이었다. 더 정확히는 태국 서부에 위치한 미얀마 난민 지원 의료 기관. 그곳으로 일렉티브 실습을 나가는 건 내가 1학년 때부터 그려온 그림이었다. 동아리 선배가 그곳으로 실습 다녀온 걸 보고서였다. 해외 의료 봉사에 대한 꿈을 안고 의학전문대학원에 입학했던 나로선, 삶의 청사진을 그리는 데 밑그림이 되어줄 이 실습 기회가 귀중했다.

그런데 야심 찬 계획에 제동이 걸렸다. 학생부에서 나의 태국행을 만류했다. 2015년 여름, 네팔 대지진이 일어난 직후였다. 학생부는 돌연 네팔은 물론이거니와 소위 '개발도상국'으로 분류되는 모든 나라로 향하는 학생들의 발길을 붙잡기 시작했다. 학생들이 실습 중 사건 사고에 휘말린다면 학생부 입장이 난처해지리란 계산에서였다. 하지만 나는 쉽사리 뜻을 굽힐 수 없었다. 네팔 지진을 이유로 태국행을 포기하기엔 내 꿈이 너무 익어 있었다.

그러자 학생부 측에서 내게 보낸 최후통첩은 이와 같았다.

"계속 그런 식으로 나온다면 우리가 직접 학부모님과 통화하는 수밖에 없습니다."

이야기의 결론부터 공개하자면, 나는 그해 태국에 못 갔다. 하지만 내가 이 이야기를 오래 기억하는 이유는 불발된 태국행이 여태 아쉬워서가 아니다. 나이 스물일곱에 학부모님의 허락을 운운하는 꾸지람을 들었던 것이 영 민망해서만도 아니다. 그때 아빠가 취했던 행동 때문이다. 아빠는 학생부 교수님과의 통화에서 나의 태국행을 지지했다. 지은이라면 그곳에서 무사히 실습을 마치고, 본인이 품어왔던 질문에 대한 해답의 실마리를 안고 올 거라고.

나는 걱정했다. 혹여 아빠가 딸의 위험한 선택을 방관하는 무책임한 부모로 비칠까 봐. 그리고 한편으론 납득했다. 내가 그동안 독립적인 여행자로서의 삶을 걸어올 수 있었던 건 바로 이런 아빠의 신뢰와 지지가 뒷받침된 덕분이었다고. 세상에 나아가는 딸의 용기가 누그러지는 일 없도록 아빠가 스스로 낸 용기 덕분이었다고. 예상과 다르게 흘러간 통화의 끝에서도 학생부는 끝내 나의 태국 실습을 불

허했다. 세상에 무슨 이런 괴짜 부녀가 다 있나, 하고 그때 그 교수님은 혀를 찼을지도 모른다.

아빠는 내가 아주 어릴 적부터 나를 데리고 배낭여행을 다녔다. 해외여행이 자유화된 지 얼마 안 됐던 터. 외국에 가봤다 하면 어깨가 꽤나 으쓱거려지던 시절이었다. 그때는 아빠가 품은 어떤 뜻도 이해 못 한 채 투정을 잔뜩 부리며 아빠 뒤를 졸졸 따랐다. 그런데 돌이켜보면 그때의 아빠가 대단하다. 누구도 매끄럽게 닦아놓은 적 없는 잠재적 험로에 어린 딸과 몸을 던졌던 아빠. 딱 지금 내 나이 즈음이었던 그때의 아빠가 지금의 나보다 어른스럽고 용감해 보인다.

내가 생각하는 여행자의 정의는 조금 다르다. 남들이 등한시하는 영역에 호기심과 기대를 품고 용감하게 도전하는 사람들의 이야기를 접하면, 나는 속으로 생각한다. '오, 여행자다!' 비행기를 타고 날아가 낯선 땅에 발을 들이는 행위만이 여행이라고 생각지 않는 것이다. 낯선 영역에 대한 호기심과 도전. 거기에 여행의 본질이 있다고 믿는 것이다.

아빠가 마련한 세컨하우스를 처음 봤을 때도 나는 생각했다. '여행자의 집이다!'

머릿속을 스쳐 지나간 그 문장은 어쩌면 중의적이었다. 아빠의 집은 정말로 여행자의 집다웠다. 내 키보다 높고 우리 가족 몸체 너비의 총합보다 넓은 책장에 여행 서적들이 가득 채워져 있었다. 여행지에서 찍은 사진들이 곳곳에 걸려 있었고, 여행지에서 수집한 컵들을 진열한 진열장도 따로 있었다. 이 정도면 나뿐 아니라 이 집에 발을 들인 누구라도 생각할 법했다. 이 집은 여행자의 집이라고.

하지만 내가 그런 생각을 떠올린 건 집에 산재한 여행 흔적들 때문만이 아니었다. 일생을 도시 아파트에서 보냈던 아빠가 전원에 주택을 마련한 건 아빠 삶에서 완벽히 새로운 종류의 도전임을 알아서였다. 퇴직 이후 삶의 그림에 대한 호기심과 설렘, 그리고 수많은 스케치의 끝에 맺어졌을 아빠의 결단. 나는 그 결단이 용감하다고 생각했다. 어린 딸의 등에 배낭을 지우고 여행길에 나섰던 젊은 시절의 아빠처럼. 학생부의 만류에도 딸에 대한 신뢰를 견지했던 2015년의 아빠처럼. 작은 집터가 한 평 한 평 제 몫의 기능들로 채워져 가는 시행착오의 전말을 지켜보며, 나는 이 집이 여행의 본질, 즉 낯선 영역에 대한 호기심과 도전의 영역에서 완성되어 가고 있다고 생각했다. 비행기를 타고 낯선 도시로 떠나지 않고도 자기가 머문 자리에서 가장 역동적으로 여행할 줄 아는, 가장 고차원의 여행자라야 꾸려 나갈 수 있을 공간의 역사가 이 집에서 생동하고 있음을 봤다.

지난 몇 년간 이 집에서 흘러온 아빠의 시간은 자연스러웠다. 그 자연스러움은 제법 놀라운 것이었다. 그와 동시에 아빠의 세계에서 일어난 일련의 변화들은 자연스럽다 말하기 어려운 것들이어서였다. 느닷없는 팬데믹으로 여행의 흐름이 끊겼다든지, 40여 년을 뚝심 있게 해온 출근의 의무가 증발했다든지.

격변의 중심에서도 아빠의 삶이 여전히 반짝일 수 있었던 건 아빠가 그동안 여행자로서 쌓아온 내공의 덕일지 몰랐다. 낯선 것을 멀리 여기지 않는 마음. 새로움을 두려움이 아닌 설렘으로 맞는 태도. 비

켜난 예측에도 꺾이지 않는 유연성. 행동하는 용기. 세월을 따라 아빠 안에 침착해온 그 모든 소양이 발휘되어 여행자의 집을 일군 덕에 아빠의 60대는 청춘처럼 초롱초롱한 것 아닐까. 어쩌면 아빠를 따라 여행자의 삶을 걸어온 나의 초로기 역시 이만큼 충만할지 모른단 기대에 가슴이 벅차올랐다.

아빠는 이 터전을 갈고닦으며 당신만의 여행을 이어갈 것이다. 여행을 사랑한 흔적이 가득한 집이라서, 여행자의 도전 정신으로써 탄생한 터전이라서, 더불어 앞으로 집주인 스스로가 새로운 차원의 시간 여행을 진두지휘해갈 공간이라서, 나는 이 집을 '여행자의 집'이라 칭하는 데에 의구심이 들지 않는다.

아빠가 딸의 여행을 지지했던 그 용감한 마음을 기억하며, 나는 아빠의 새 시대를 격렬히 지지한다. 아쉽게도 혹은 다행스럽게도 아빠의 삶을 지지하는 데에는 아빠가 날 위해 발휘했던 만큼의 큰 용기가 요구되지 않지만, 대신 나는 내가 보고 자랐던 아빠의 용기를 기억 저장소에 고이 담을 테다. 그리고 훗날의 세대에게 그 용기의 순수한 결정체 그대로를 물려줄 테다. 여행자의 집에서 대대로 전해져 갈 위대한 유산이란 아무래도 이런 종류의 것이지 않겠는가.

Prologue

여행인 듯, 여행 아닌, 여행 같은

여행을 나선다.

반찬도 바리바리 싸고 간식거리도, 옷도 챙긴다.

읽을 책도 준비하고, 노트북도 챙긴다.

제법 그럴싸하다.

"여행 갈까?"

"이 코로나 판국에 여행은?"

"심심하니 세컨하우스엘 가보게."

"보일러 틀어야 하는데?"

"까짓거 연료비가 대수야? 제대로 여행 가면 비용이 얼만데."

"그럴까? 펜션 값은 공짜네? ㅎㅎ"

이렇게 시작된 여행이다.

"고기도 굽고, 찌개도 끓이고, 만두도 해먹자."

"고구마도 쪄먹고, 나는 가서 책이나 읽어야겠다."

"나는 영화 볼 건데?"

"김도 구워 가면 안 될까?"

"아, 백숙도 해먹자."

"와인 남은 거 거기 있지?"

"커피콩은 가면서 사야겠다."

적중했다. 여행 기분은 제대로다. 목적지가 특별한 관광지가 아닐 뿐 집을 나서는 방법은 여느 여행과 다를 바 없다. 모처럼 떠나는 길이라 준비에도 신이 난다. 오히려 더 여행처럼 꾸몄다.

차를 타고 집을 나선다. 일부러 여행 기분을 한껏 내본다. 우리가 가는 곳은 호수가 내려다보이는 경치 좋은 곳이다. 사람들 북적이지 않은 한적하고 공기 맑은 곳이다. 어지간한 살림살이가 다 갖추어진 최고급 펜션이다. 침실, 거실, 주방, 야외 테라스 모두 겸비한 에어비앤비 숙소. 인근 호수 둘레길 산책이며 뒷동산 등반 등은 덤이다. 운동용 자전거까지 탈 수도 있다. 그야말로 'all inclusive'라 하겠다.

이게 다 공짜라고? 이런 행운의 티켓이 다 있다니….

이렇게 수선을 피우며 가는 곳은 다름 아닌 도심지 가까이에 마련된 우리의 세컨하우스다. 봄부터 화단과 텃밭을 관리하다 가을이 되면 월동 준비를 마치고 철수하기 때문에 겨울에는 비어 있는 곳이다. 모처럼 이곳으로 나들이를 하면서 어디에도 나가지 못하는 코로나 시국의 답답함을 떨치고자 소란스럽게 수선을 떨어 보았다.

그런데 하필 몹시 춥다. 폭설이 내렸다. 한파주의보도 내려졌다. 추운들 어떠랴. 따뜻하게 쉬었다 오면 되지. 그런데 신은 이러한 '원대한' 꿈이 아무에게나 거저 이루어지도록 가만두지 않는다. 폭설로 도로는 엄청 미끄럽다. 차는 저속으로 엉금엉금 기어 겨우 세컨하우스에 도착했다.

집 앞에 도착하고 보니… 아니, 앞집 아저씨가 넉가래로 도로에서 눈을 치우고 계신다. 이웃인 우리 집 앞까지 치우느라 고생하신다.

오매, 큰일 났다. 차를 세우고 차에서 얼른 내렸다.

"아이고, 애쓰시네요. 나머지는 제가 할게요"

허리를 굽혀 인사하고는 넉가래를 빼앗다시피 건네받았다.

겉옷도 벗지 못하고 눈 치우기가 시작된다. 보통 힘든 일이 아니다. 손도 시리고, 허리도 아프다. 게다가 살살 천천히 했어야 했다. 나이 드신 이웃집 아저씨에게 미안해서였을까. 너무 빡세게 눈을 밀고 치웠다. 우리 집 앞뿐 아니라 옆집 도로도 치우는 착한 일까지 했다. 나도 앞집에서 받은 정을 옆집에 나눠주고 싶었다.

예기치 못한 중노동을 모두 마치고 겨우 집 안으로 들어서니 아내가 의미심장한 웃음을 짓는다. 공들여 준비한 '여행 느낌이 어때?'라고 하는 듯하다. 나도 암 말없이 웃었다.

아내는 막 내린 따끈한 커피를 내민다. 그런데 눈 치우기를 무리했는지 팔이 아파 커피잔을 들어 올리기에도 버겁다. 오래 비워두었던 집안은 이내 따뜻해지고, 이제부터 '내 맘대로의 여행'이 펼쳐진다.

CONTENTS

봄

여름

가을

겨울

봄

내가 은퇴를 한다고?

80년대 초, '응팔'보다 이른 시대에 교직에 첫발을 들인 지 38년 만에 은퇴를 맞이했다. 교직자이셨던 아버지께서 퇴임하신 지 꼭 27년 만에 내 시간이 된 것이다. 집안의 권유가 있었던 건 아닌데도 나는 어려서부터 미래의 진로가 교직이어야 되는 줄 알고 자랐고, 자연스럽게 교육계에 투신하였다. 교직자인 아내를 배우자로 맞아들였고, 아버지를 비롯하여 가족이 8명이나 교육자인 튼실한 교육 가족의 울타리 안에서 살아왔다.

콩나물시루 같았던 다인수 학급의 교실에서 조개탄으로 난로를 피워 추위를 피하고, 선풍기는커녕 손부채로 찜통 같은 무더위와 씨름하고, 괘도를 걸고 막대기로 가리키며 수업하는가 하면, '가리방'이라는 등사기로 인쇄한 시험지로 시험을 치르던, 호랑이 담배 피던 시절 같은 시대에 교직을 시작하여, 이제는 교실에 히터, 에어컨, 레이저프린터, 복사기까지 설치되고, 괘도는 ppt가 대신하는 등 기존의 교실 풍속도가 모조리 바뀌었다. 손에 때가 묻어 찢어질 듯 뭉개진 사전이 공부의 관록을 자랑하던 영한사전은 스마트폰이 대신하고, 디지털교과서, 어플, 와이파이를 이용한 온라인 학습 등 외계인들이 쓸 것만 같았던 신기한 문물들이 교실을 지배하는 첨단시대를 살게 되면서 교직을 떠난다. 감개가 무량하지 않을 수 없다.

돌이켜 보건대, 교직 생활 중 특별히 이루어 놓은 건 없지만 최선을 다해 살아왔고 후회스럽지 않은 삶이었다. 책가방을 메고 교문으로 뛰어 들어가는 아이들과 함께 출근하는 아침 등굣길은 늘 행복이

었다. 공부가 끝나면 복도로 쏟아져 나와 왁자지껄 떠들고 꺄르르 웃어 젖히는 아이들의 해맑은 웃음소리를 듣는 일 또한 행복이었다. 이제는 이러한 일상이 많이 그리울 것 같다.

아이들과 교직원들 앞에 서서 작별 인사를 나눴다. '회자정리(會者定離)'라 했다. 만나면 언젠가는 헤어지기 마련이다.

"멀리 보고, 크게 도약하라."

초롱초롱한 눈망울의 아이들에게 당부했다. 아직 다 쏟아내지 못한 것 같은 아쉬움이 남아 가슴이 먹먹하다.

"많은 사랑을 한 몸에 받고 떠납니다."

살을 부대끼며 울고 웃던 교직원들과도 작별했다. 무언가 꼭 할 일이 남아 있는 것만 같아 허전하다.

이제 정말 교단을 떠난다. 나의 제2의 삶은 어떤 모습으로 다가올까. 걱정 반 기대 반이면서도 스스로 주문을 외운다.

"끊임없이 움직이면 영원하다."

인생 2막의 문을 열며

평생 다니던 교단을 떠나고, 첫봄이 왔다. 산수유가 피고 매화가 꽃망울을 터뜨렸다. 하얀 목련꽃이 큰 봉오리를 열고 드레스 입은 신부처럼 환하게 피어났다. 들녘엔 농부들의 손놀림이 바빠졌다. 겨우내 방치해 둔 비닐들을 걷어내고 밭갈이를 하여 작물 심을 준비를 하느라 이리저리 쉴 새 없이 바쁘게 움직인다. 계절은 정해진 순서대로 바뀌어 간다. 세상사는 여일한데 내 시간에만 새로운 변화가 생겼다. 총총거리던 아침 시간이 느긋해졌고, 요일과 날짜 개념이 없어졌다. 이런 것들은 나하고는 아무 상관 없이 다른 사람들의 삶을 위해서 만들어진 제도인 것만 같았다. 내게는 쓸모없는 액세서리처럼.

나는 무엇을 하며 살아야 하는가.

퇴임 이후의 달라진 시간을 살아내기 위해 야심찬 계획을 세운 건 아니지만, '소확행(小確幸)'을 찾아보려던 나만의 작은 소망들이 뜬금없는 코로나바이러스의 출현으로 모조리 발목을 잡혔다. 다니던 수

영장도 문을 닫았고, 입문하려던 도서관도 언제나 개방될지 묘연하다. 즐겨 다니던 여행은 각국이 빗장을 걸어 잠근 채 금지되어 이제는 다녀온 여행지들을 더듬어보며 추억만으로 마음속 여행을 떠날 수밖에 없게 되었다.

그러나 어수선한 시국에서도 특별히 사회적 거리두기에 역행되지 않는 '운동'은 게을리하지 말아야겠다. 등반과 자전거 라이딩으로 체력과 정신력을 기르려는 계획은 미루지 않아도 되어 다행이다. 지리산 천왕봉과 모악산은 나의 헬스장이며, 삼천천을 휘돌아 가며 잘 뚫린 자전거 길은 이제 나와 친숙한 산책길이 될 것이다.

내게 또 하나의 변화는 준비된 작은 보금자리에서 펼쳐 나갈 새로운 삶이다. 우뚝 솟은 모악산을 뒤로 하고 앞쪽으로 호수만 한 넓은 저수지가 시원스럽게 펼쳐진 호수 마을. 초현대식으로 지어진 각양각색의 주택들이 늘어선 마을은 얼핏 건축박물관을 방불케 한다. 그런 화려한 주택 숲 빈터에 앙증맞게 지어진 오두막 한 채가 자리를 잡았다. 나의 세컨라이프가 펼쳐질 세컨하우스가 탄생된 것이다. 작긴 하지만 끼니를 마련할 공간도 갖추었고, 아늑한 침실도 있으며, 나를 가장 포근하게 안아줄 작은 서재도 마련되어 있는 곳이다.

2도(都) 5촌(村)이다.

1주일 중 2일은 아파트에서 지내고, 5일은 이곳 세컨하우스에서 보내기로 했다. 우왕좌왕 직장에서의 소란했던 삶의 여정을 끝내고, 이젠 마음을 내려놓고 조용하고 여유롭게 나만의 행복을 찾아 나설 참이다. 소박하면서 알차고, 끊임없이 움직이며 나태하지 않은 건실한 삶으로의 새로운 인생 2막의 문을 활짝 열어젖힌다.

아빠는 영웅이십니다

주말을 맞아 아이들이 집으로 모였다. 깜짝 '퇴임 축하연'을 준비하고는 나를 꽃밭(?)에 앉혔다.

"아빠, 그동안 수고 많으셨어요."

"아빠는 우리들의 영웅이십니다."

아내와 아이들의 따뜻한 위로를 받으며, 이제야 나의 은퇴가 실감이 났다. 첫 출근부터 퇴임 때까지 직장생활에서의 행적들이 주마등처럼 머릿속을 스쳐 지나갔다. 나는 아이들에게 한평생을 숨차게 달리며 살아온 영욕의 시간들을 숨겨놓은 일기장을 읽어 내려가듯 하나하나 쏟아냈다.

세상을 다 얻은 듯 감정을 주체하지 못하고 뛸 듯이 기뻐했던 순간들.

앞이 캄캄하여 하늘이 원망스러울 정도로 속이 상하고 마음이 아팠던 순간들.

누구에겐가 말을 하면 달아날까 싶어 은밀히 혼자만 간직해온 행복했던 사연들.

시련과 아픔을 극복하려 남몰래 흘려야 했던 눈물과 땀의 안타까웠던 사연들.

그 굴곡의 시간 하나하나가 어느 것도 소홀하다 할 수 없는 삶의 소중한 페이지들이었다.

그 중심에는 사랑하는 아내와 보석 같은 아이들이 있었다. 부족한 아빠지만 항상 무한 신뢰를 보내고, 변함없이 의지하며 잘 자라준 우리 아이들이 자랑스럽고, 묵묵히 내조하고 무슨 일이든 지원을 아끼지 않았던 아내가 뼈에 사무치게 고맙다.

아이들이 내게 보내준 축하 인사는 그동안 가족을 위해 살아온 평생의 피로를 단번에 불식시킬 만큼 한없이 달콤하고 기쁘다. 가족은 언제나 큰 힘이었고, 앞으로도 그러할 것이다. 사랑할 수 있는 가족이 있다는 것에 감사하며 새로이 주어지는 제2막의 인생도 여일하게 살아야 할 터이다.

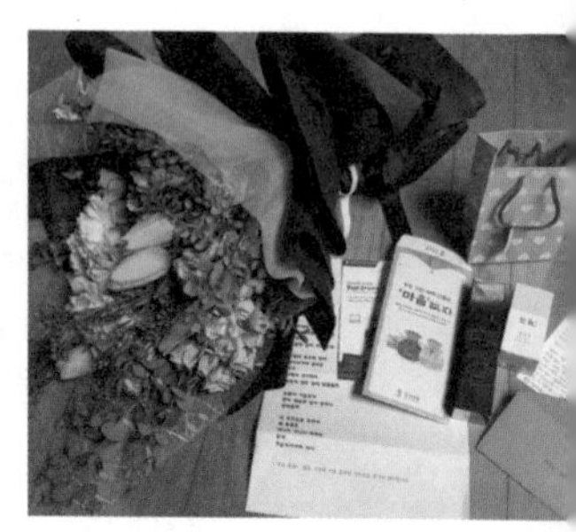

아내의 텃밭 찾아 삼만리

아내는 텃밭 가꾸기가 소원이었다. 「나는 자연인이다」라는 TV 프로그램의 삶을 로망으로 여기는 대부분의 남정네들이 노후에 전원생활이라도 해보려 기획하다가 시골살이가 힘들다며 이를 거부하는 아내들의 반대에 부딪혀 실현에 옮기지 못하고 포기하는 경우가 다반사라 들었다.

그런데 아내는 보통의 아내들과 달랐다. 은퇴하면 텃밭을 가꾸며 전원에서 살고야 말겠다고 입버릇처럼 말했다. 흙투성이에 연일 풀 뽑는 일이 대순 줄 아느냐고 설득해 봐도 막무가내였다.

그래서 별 수 없이 은퇴를 1년 남겨둔 어느 날부터 텃밭 지을 땅을 찾아 나섰다. 집에서 텃밭을 오가며 농사를 지을 조건으로 우리 아파트 인근에 있는 지역을 돌아다니며 땅을 알아보기 시작했다. 이리저리 사방으로 수소문해 보았으나 마음에 드는 터를 찾기란 좀처럼 쉽지 않았다.

어느 날 아내가 부동산 정보지에서 땅을 봐 두었으니 현장으로 가 보자 하여 집을 나섰다. 가서 보니, 마을 입구에 위치한 논이었는데, 마을에서 흐르는 물이 도랑을 향해 흐르는 침수지역이어서 밭으로 사용하기도 어려울 뿐 아니라 혹시라도 집을 지을 요량이면 집터로는 매우 좋지 않은 곳이어서 그냥 돌아오고 말았다.

그다음 주에도 아내는 미리 알아둔 정보지의 현장으로 나를 안내했다. 그곳은 우리 아파트에서 아주 가까운 곳인데, 도심지 뒷산 아래 쪽에 위치하고 있었으며 택지로 조성된 주택 단지였다. 살펴보니 인근 주택들이 택지 옆으로 숨이 막힐 듯 건물들이 가깝게 지어져 전망은커녕 답답하기 그지없어 보여 또 마음에 들지 않았다.

이렇게 주말마다 이곳저곳으로 텃밭 지을 땅을 찾아 돌아다녔으나 땅이 좋으면 가는 길이 안 좋고, 터가 적당히 마음에 들면 거리가 멀고, 어떤 곳은 축사가 옆에 있어 적당치 않았고, 또 어떤 곳은 이것저것 다 좋은데 인가에서 멀었다. 게다가 우리가 터를 선택하는 조건이 단순한 텃밭뿐이 아니라 차후에는 집을 지을지도 모른다는 생각으로 집터로서의 위치도 고려하다 보니 선정에 더 어려움이 있었다.

이번엔 텃밭 지을 터를 찾을 것이 아니라 아예 지어진 집을 구하자는 쪽으로 마음을 돌렸다. 그리고 매도하겠다는 주택이 있어 가보았다. 시내 변두리이긴 한데 아파트에서 그리 먼 곳도 아니고 주택의 가격도 제법 싸게 나와 있어서 왠지 원하는 주택일 거라는 생각으로 즐겁게 나섰다. 그런데 가서 보았더니 목조 주택인데 밖에서 들여다본 상태로는 일반 주택이라기보다는 널찍한 홀이 마치 마을 회관 같

은 느낌이어서 별로 마음에 들지도 않았다. 마침 길을 지나던 마을 아주머니 한 분이 집 사러 왔느냐면서 이 동네로 고속도로가 나도록 되어 있어 주택들을 싸게 내놓은 거라는 고급 정보를 알려주었다. 결국 또 선택을 못 하고 되돌아와야 했다.

집으로 돌아오려는데 아내가 한 곳 더 보고 싶은 곳이 있다며, 전원주택 단지인 호수 마을에 매도를 원하는 주택이 있다고 가보자 했다. 그곳은 익히 소문난 호화주택들이 있는 동네인데다 우리가 살림집도 아니면서 그곳의 주택을 사야 하느냐고 반문했더니, 아내는 이유는 모르겠지만 일반 주택들과 달리 크기가 작은 주택이 나왔다며 일단 한번 가서 보기나 하자고 채근하여 따라나섰다.

가서 보니 마을 전체는 계획적으로 조성된 전원주택 단지이기에 균등하게 분할된 터였다. 매도하려고 내놓은 주택은 일반 주택들과는 달리 자그마하게 지어져 있어 상대적으로 다른 주택들에 비해 빈터가 넓어 보여 좋았다. 아내가 원했던 텃밭도 넓게 만들 수 있고, 작지만 집이 지어져 있으니 따로 집을 건축할 필요도 없어 안성맞춤이었다.

뜻밖에 발견한 마음에 쏙 드는 주택이었다. 시내 아파트에서 그다지 멀지 않아 오가며 다니기 딱 좋고, 텃밭만 있는 땅이었으면 농막이라도 가설하려 했는데, 이곳엔 작으나마 이미 몸을 쉬일 집이 놓여 있으니 그야말로 하늘이 준 선물이었다.

다만 마을 전체가 대부분 호화로운 주택들이어서 우리 주택이 상대적으로 박탈감이 느껴지기도 하나 그 점은 우리가 개의치 않으면 될 일이다. 우리에게 필요한 대로 편의에 딱 알맞는 집인 데다 메인하우스(main house)가 아니라는 점도 충분히 위안이 되었다.

우여곡절 끝에 제2의 삶을 영위하는 데 동반자가 될 '세컨하우스'가 탄생되었다. 이사랍시고 삶에 꼭 필요한 작은 세간들을 하나둘씩 승용차에 싣고 챙겨 옮기며, 아내와 나는 은퇴 이후의 새로운 삶에 대한 핑크빛 꿈에 부풀었다. 그런데 이곳이 집만 덩그렇게 지어져 있고 외관은 전혀 손을 대지 않은 채 택지 분할 당시의 공터나 다름없었기에, 우선 주말마다 한 가지씩 외관을 가꾸기로 했다.

제일 먼저 아내와 텃밭 사용을 어떻게 할 것인가를 상의했다. 주택 단지인 마을이어서 집 밖의 모든 터를 밭으로 사용하는 건 마을의 미관을 해치는 것 같아 온당치 않아 보였다. 그래서 건물 주변의 터에는 모조리 잔디를 깔기로 하고, 텃밭으로는 건물 뒤편에만 텃밭 상자를 만들어 설치하여 화단처럼 가꾸어 보기로 했다.

주택 전면에는 보도블록을 깔고 주차장도 마련하기로 했다. 사계절 다른 색으로 변화하는 모습으로 예쁘게 자라는 홍가시 레드로빈 묘목을 사다 울타리도 조성하고, 울타리 주변으로는 아내가 가꾸고 힐링할 수 있도록 작은 화단도 조성하기로 했다.

나는 제일 먼저 목재소로 달려가 텃밭 상자를 만들 목재부터 구입해 와 망치와 못으로 모양을 갖추고 빗물에 부식되지 않도록 오일 스테인도 발라서 구획 별로 다른 작물을 가꿀 수 있는 사각 텃밭 상자를 제작 완성했다. 텃밭 상자를 하나씩 아내와 맞들고 적당한 자리를 잡아 설치하고 흙을 부어 넣고 있는데, 아내의 입가엔 연신 미소가 끊이질 않는다.

아내에게도 제2의 인생의 문이 활짝 열린 것이다. 아내는 상추, 치커리, 당귀 등 원예 작물을 심어서 직접 가꾼 채소를 수확하여 요리하는 꿈에 부풀었다. 벌써 그녀의 내일이 기대된다.

봄이 왔네, 봄이 와

우리 집 베란다가 종묘장으로 변한 지 오래다. 수없이 많은 포트, 화분에 각종 씨앗이 발아되어 파릇파릇한 모종으로 자라고 있다. 파종해서부터 겨우내 자라고는 이미 화단으로 나갔어야 될 녀석들이 예년과 달리 늦추위에 발이 묶여 아직도 방을 빼지 않고 있다. 화단에선 겨울을 견뎌낸 녀석들이 추위에도 불구하고 여기저기서 얼굴을 빼꼼히 내밀고는 새로운 계절을 재촉하는데 말이다.

따뜻한 봄을 기다리는 녀석들이다. 아무리 추워도 계절은 바뀐다. 머지않아 화단으로 돌아가 뿌리를 내리고 꽃이 필 기대에 부풀어 있다. 기다림은 희망과 설렘이다.

그리고 3월이 왔다. 봄비가 내렸다. 강원지역에는 폭설이 왔다고 한다. 성급하게 핀 봄꽃들이 애꿎게도 하얀 눈 속에 파묻혀 수난을 당하고 있다. 이미 얼굴을 내민 어린 새싹들은 추위에 얼어 죽을까 염려되어 아내는 보온 덮개를 덮어주며 노심초사한다.

현직에 있을 때라면, 새 학년 시작의 첫날이다. 새로이 맞는 교사와 학생들의 새 얼굴들로 낯설고 분주했을 하루다. 이제 나는 교실에서 맞는 학생들 대신 화단에서 조용히 움트는 새 얼굴들을 맞는다. 매발톱, 우단동자, 세잎돌나물, 할미꽃, 등심붓꽃…. 화단 여기저기에서 새싹들이 자리를 더 차지하려 분주하다. 튤립, 수선화는 땅을 비집고 얼굴을 빼꼼히 내민다. 목단, 재스민, 수사해당화가 꽃망울을 달고 제법 굵어졌다. 제대로 봄이 왔나 보다.

화단에 거름주기가 시작되었다. 화단을 덮은 낙엽들도 긁어모아 버리고 새롭게 화단 정리를 한다. 일부 텃밭 상자에는 밭을 갈아 상추 모종도 심었다. 꽃샘추위에 견뎌낼지 모르겠다.

집집마다 마을 주민들이 일하느라 마당으로 나와 서성인다. 아내는 울타리 너머로 이웃들과 인사를 나누느라 일이 진척되지 않는다. 텃밭 일보다 인사가 우선이다.

“겨우내 뭐했댜? 안 본 새 더 젊어졌네?”

“선생님 네가 오신 걸 보니 봄인가 봐요.”

“우리 시금치가 겨우내 많이 자랐어. 좀 뽑아 줄까?”

“고마워요. 우리는 잔디밭 풀이 많아서 걱정이에요.”

역시 봄은 생동하는 계절이다.

식은 밥을 먹는 엄마

"여보, 오늘은 상추를 심어야겠어요."

아내의 명령이 떨어졌다. 텃밭 상자를 갈아놓으라는 것이다. 배추를 심었던 곳이라 배추를 도려내고 남은 뿌리가 땅에 박혀 있는 곳이다. 우선 단단한 뿌리를 뽑아내고 퇴비를 섞어 땀을 뻘뻘 흘리며 밭을 갈아엎었다. 밭갈이하는 나를 빤히 쳐다보던 아내가 신기한 듯 질문을 던진다.

"근데 당신은 이런 농사법을 어디서 배웠어요?"

"아, 우리 엄마한테서 배웠지."

문득 시골에 계신 엄마가 떠올랐다. 은퇴하기 직전 근무지가 엄마 혼자 살고 계시는 시골집에서 가까웠기에 엄마 집에서 출퇴근하며 직장에 다니고 있었다. 내가 퇴근하고 집에 돌아오면 엄마는 기다렸다는 듯이 나를 불러 세우고 텃밭으로 앞장을 서셨다. 그리고는 텃밭 언저리에 군 지휘관처럼 떡하니 서서 이것저것 농사일을 지시하셨다.

"여그 이짝 두럭에는 무시를 심을란다. 또 저짝 두럭은 상추씨 뿌려양개. 저기 삽 갖다가 갈아엎어라. 글고 미리 거름도 뿌려야 헌다잉? 비료는 내가 뿌릴 텅개. 그라고 여기 가상에는 오이를 심어양개 밭 갈고 더그매를 매올려라잉? 알겄제?"

이렇게 엄마를 도와드리면서 농작물의 재배법을 하나씩 익혀갔다. 그러면서 상추, 치커리, 쑥갓, 청경채 등 야채도 심고, 고추, 가지, 오이도 심었다. 오이가 자라면 사다리처럼 타고 오를 지주대도 만들어 주었다. 울타리 옆에는 구덩이를 파고 호박, 토란도 심었다.

부추는 거름만 뿌려주면 새순이 돋아 몇 년이고 계속 수확해 먹을 수 있었다.

그때 시골살이하면서 엄마에게서 배운 농사 지식으로 지금 텃밭을 가꾸고 있는 것이다. 그런데 그렇게 카랑카랑한 목소리로 농사법을 알려주시던 엄마가 어느새 90세를 훌쩍 넘긴 연세가 되셨다.

젊었을 때 고생을 너무 많이 하셔서인지 허리가 많이 굽어 이마가 땅에 닿을 듯이 걸어 다니신다. 그 모습을 보면, 우리 자식들을 거두느라 당신 몸을 살피지 못하신 탓인가 싶어 마음 한구석이 칼로 도려낸 듯 아프다.

몸에 살도 붙지 않아 발목이 우리 손목보다도 더 가늘어졌고, 밖에서 나는 인기척도 제일 먼저 알아차릴 만큼 좋던 청력도 약해져 이제는 전화 통화도 쉽지 않을 정도로 귀가 어두워지셨다. 그 연세에 이 정도의 건강이면 다행이라 여기면서도 점점 더 쇠약해지는 모습에 세월이 야속하기만 하다.

엄마는 평생을 대가족의 종부로 사셨다. 시부모, 시동생, 시누이, 우리 남매들까지 15명의 대식구를 챙겨야 했으니 고생이 얼마나 심했을지 가히 짐작이 가고도 남는다.

그 옛날 어린 시절 한겨울 새벽에 소변이 마려워 잠에서 깨어보면, 깜깜한 꼭두새벽인데도 엄마는 수북이 쌓인 눈 속을 헤치고 대문 옆 우물가에서 물을 길어 머리에 이고 부엌으로 나르고 있었다. 그 많은 식솔들의 아침을 지으려면 많은 물을 길어 날라야 했을 텐데, 고무장갑도 없던 그 시절에 찬물이 뚝뚝 떨어지는 물동이를 머리에 이고 나르며 그 새벽 찬바람에 얼마나 추우셨을까.

그뿐이 아니다. 길어온 물을 덥혀서 식구들의 아침 세수에 춥지 않도록 세숫대야에 온수 한 바가지씩을 부어 주는 일까지 해야 했는데, 맹추위가 기승을 부리던 한겨울 추운 새벽에 하루 이틀도 아니고 엄마는 혹독한 일상을 어떻게 매일 견디셨을까 싶다.

엄마는 변변치 못한 옛날식 시골집의 불편한 부엌에서 커다란 가마솥에 쌀을 부어 밥을 안치고 아궁이에 불을 지펴 아침을 지었다. 식솔 수대로 아침밥 15그릇에 출근하시는 아버지와 올망졸망한 시동생과 시누이를 비롯한 우리 남매들의 점심 도시락, 그리고 산에 나무하러 나가는 머슴 도시락까지 10여 개를 더 준비하려면 도합 25그릇의 밥을 해야 했다. 식사 때마다 가마솥을 열고, 부뚜막에 한 발을 걸쳐 올리고 계속해서 밥을 퍼야 했다. 어린 막내 고모는 올케언니인 우리 엄마를 별칭으로 '밥 푸는 언니'라고 부를 만큼 거대한 식사가 매끼 준비되곤 했다. 게다가 그 많은 도시락의 반찬까지 매일 만들어 대야 했으니, 옛날 궁한 살림에 보통 힘든 일이 아니었을 것이다. 웬만한 동네잔치 상차림만 한 규모로 대식구의 끼니를 매끼 전쟁치르듯 해내고 사셨다.

그뿐 아니라 농사철이면 일꾼들의 점심, 저녁까지 해주어야 했고, 식사 중간이면 새참까지 만들어 내야 했다. 그 많은 식구들의 빨래며, 밤이면 보이지도 않는 호롱불 어둠 속에서 식구들의 해진 옷, 양말들을 기워대는 바느질까지, 또한 계절에 따라 누에치기, 베 짜기, 밭농사는 물론이고 종부로서 연로하신 시부모 봉양까지 해야 했으

니 실로 철녀(鐵女)의 삶을 살아낸 것이다.

나는 어려서부터 엄마가 앓아누워 있는 것을 한 번도 본 적이 없다. 아마 아플 시간도 없었을 것이다. 나를 낳고는 바로 다음 날 일어나 추수하는 일꾼들 밥을 준비했다든지, 동생 누구를 낳기 전에는 부엌에서 일하다 산통을 느껴 곧장 방으로 들어가 출산했다는 등 산후조리는 아예 꿈도 꾸지 못했던 시절의 애환을 남의 이야기 하듯 풀어 놓곤 하셨다. 물론 누구에게나 어려운 시기였기는 하지만, 가볍게 치부하기엔 너무도 험난한 여로(女路)를 걸어오신 엄마가 애틋하기 이를 데 없다.

나는 아버지께서 작고하신 후부터 바로 시골로 들어가 홀로 계시는 엄마와 십수 년을 함께 살아왔다. 덕분에 나는 시골집 가까이에 있는 직장을 편하게 출퇴근할 수 있었고, 엄마는 외롭지 않고 아들 사랑에 푹 빠져 사셨다.

식사 때면 맛있는 반찬이 있어 엄마를 드시게 하려고 절제를 하면 금방 눈치를 채시고 불호령이 떨어진다. 왜 너는 그 반찬을 안 먹고 나만 먹게 하느냐며 식사를 안 하겠다며 돌아앉으신다. 그 후부터는 눈치를 보아가며 내가 먼저 먹어야만 엄마도 한 점 드셨다.

언젠가는 남아 있던 식은 밥을 내가 먹고 엄마에게는 따뜻한 밥을 퍼드렸다. 엄마는 밥그릇을 보고는 식은 밥을 달라 하셨다. 나는 괜찮다며 기어이 식은 밥을 내가 먹고 말았다. 그런데 엄마는 아들이 식은 밥을 먹은 것이 그리도 서운하셨나 보다. 식사가 끝날 때까지, 그리고 그다음 날까지도 그 일을 거론하며 화를 내셨다. 아들에게 식은 밥을 먹게 하는 것이 당신에겐 그토록 크나큰 고통인 줄 나는 몰랐다.

그 후 어느 날 모르는 척 식은 밥을 엄마 앞에 드리고, 나는 김이 모락모락 나는 따뜻한 밥을 펐다. 엄마는 아들이 따뜻한 밥을 먹게 된 것이 그리도 좋으신지 흐뭇한 미소를 짓고 계셨다. 그 이후로 나는 어김없이 엄마 앞에서 따뜻한 밥만 먹어야 했다.

엄마는 평소에 내가 출근하고 나면 낮에는 줄곧 TV를 보시다가도 내가 퇴근한 순간부터는 TV와 반대로 돌아누워 계시며 절대 TV를 보지 않으신다. 아들이 TV 보는 것을 방해하지 않으려는 것이다. 밤에 잠을 못 이루고 뒤척이시기에 TV라도 보시라 권해드렸더니 TV가 재미없다며 거짓말을 하신다. 실은 옆에서 자는 자식의 잠을 깨우거나 방해하고 싶지 않으신 때문이라는 것을 안다.

화장실에 화장지가 떨어질 즈음이면 이김없이 여분의 화장지를 변기 옆에 꼭 챙겨 놓으신다. 아들이 화장지가 없어 난감해하는 일을 당하지 않도록 하려는 배려이다. 어쩌다 화장지 챙기는 일을 잊은 날에는 큰 잘못이나 저지른 양 자책을 하며 땅이 꺼지게 한숨을 내쉰다. 아들이 불편해하는 모습을 못 참으시는 것이다. 엄마의 삶은 아들이 시작이고 끝이었다.

그런데 요즈음 엄마가 많이 쇠약해지셨다. 지인들의 생일날까지 죄다 외우고, 동네 사람의 생일이며, 집집마다 제삿날까지 다 기억하던 총명하기로 소문난 기억력도 점점 희미해져 가고, 화장실 가시는 걸음걸이마저 위태로워졌다.

동네 경로당 출입조차 안 할 정도로 집 밖에는 나서지 않고 단아한 모습으로 집만 지키며 평생을 살아온 엄마였는데, 요즈음에는 사고(思考)에도 변화가 생겼다.

예전엔 집을 떠나 도회지의 아들 집에 가시자고 하면 무작정 안 가겠다고 손사래를 치며 싫어하시던 엄마가 지금은 옷 보따리를 싸서 미리 챙겨두고 먼저 앞장서서 따라나선다. 시골집에서 당신 홀로 지내다가 아무도 몰래 죽어 있으면 되겠느냐고 입버릇처럼 말씀하시더니, 연로하신 당신을 인지하시고 죽음을 대비하시려는 것일 테다.

얼마 전 서울에 사는 딸이 새 집으로 이사하고는 돌아가시기 전에 잠깐이라도 같이 지내고 싶어 모셔갔는데, 계시기 싫다고 집에 보내달라며 마음에도 없는 억지소리를 하고 딸 가슴에 못을 박고 내려오셨다. 딸은 그런 엄마가 무척 서운했겠지만, 이 또한 죽음을 대비하시는 늙은 엄마의 지혜일 터이다. 아들 옆에서 돌아가시는 것이어야 마음이 놓인다 여기고 계셨기 때문이다.

여장군처럼 강단 있게 세상을 헤치며 살아온 엄마가 몸도 마음도 점점 나약하게 변해가는 모습에 억장이 무너진다. 아무것도 하지 말고 가만 계시라는 당부에도 잠시 한눈을 파는 사이에 엄마는 못 가누는 몸을 이끌고 주방으로 가시어 밥을 챙기려 드신다. 뭐하러 나오셨느냐며 만류하는 아들에게 엄마는 기어들어 가는 소리로 말씀하신다.

"네게 밥을 챙기게 해서 미안하다. 고맙다."

자식에게 뭐가 그리 미안하고 고마운 것인지 모르겠다. 언제까지 다해야 자식 사랑이 끝나는 것인지, 나는 죽을 때까지도 엄마의 끝없는 마음을 헤아리지 못할 것이다.

아직도 세탁기에서 걷어 내온 빨랫감에서 당신의 속옷은 직접 챙기고, 요실금을 방지하기 위해 착용하는 기저귀도 똘똘 말아 아들 눈에 띄지 않게 몰래 처리하려고 애를 쓰며 자식에게 조금도 누가 되고 싶어 하지 않으려는 엄마의 속 깊은 행동은 오히려 자식의 마음을 아리게 한다.

그러다가도 간혹 직전의 일도 기억 못 하시고 엉뚱한 소리를 하는가 하면, 평소의 엄마답지 않게 억지소리를 하며 자식들을 당황스럽게 하기도 하시니 이별의 시간이 가까이 다가오고 있는 것 같아 마음이 아프다.

그래도 엄마가 이만큼만이라도 유지하며 오래 사셨으면 좋겠다. 더는 기억의 끈을 놓지 않고 뜻하신 대로 좋은 모습을 간직하며 후회 없이 사시다가 어느 날 자식들과 살갑게 따뜻한 눈 맞춤을 하면서 고통 없이 조용히 눈을 감으셨으면 좋겠다. 이는 엄마의 제일 큰 소망일 것이며, 자식들에게도 최고의 바람이다.

재스민 향기

"어머, 얘가 꽃을 피웠네요!"

현관문을 열고 밖을 나서던 아내가 화들짝 놀라 소리를 지른다. 꽃봉오리를 열고 재스민 꽃 한 송이가 예쁘게 피어난 것이다. 겨우내 방안에 들여놓고 월동을 했으나 세컨하우스가 겨울 동안은 집을 비워둔 터라 따뜻하지 못한 방에서 겨울을 나서 그런지 봄이 왔으되 새잎을 돋아내지 못하고 몸살을 앓고 있을 즈음 이미 화원에서는 새잎을 무성하게 달고 꽃이 활짝 핀 재스민 나무가 전시되어 판매되고 있었으니, 우리 집 재스민 나무를 볼 때마다 애처롭기 그지없었다.

날씨가 따뜻해지면서 그제야 느지막이 헌 잎을 떨구며 새롭게 생

장하고 있는 모습을 보였다. 그간 추위에 고생한 나무를 안쓰러워하며 언제 잎을 틔워서 꽃이 피려나, 노심초사 애만 태우며 기다리고 있었다. 마치 새 생명을 잉태한 산모에게서 아이의 울음소리를 기다리듯 말이다.

그러던 나무가 며칠 전부터 새잎이 돋았고, 단비처럼 내리는 봄비를 맞더니 나무 전체가 생기있게 푸르러지면서 풍성하게 자란 잎사귀 사이사이로 곳곳에 봉오리를 맺었다. 그리고는 드디어 한 잎, 보랏빛 꽃잎이 활짝 열고 얼굴을 내밀어 그토록 애타게 기다리던 아내의 눈에 띄고는 아내를 깜짝 놀라게 한 것이다.

나무는 한 잎 두 잎 꽃봉오리를 열더니 이제는 여기저기 꽃을 활짝 피우고 우리들의 눈길을 사로잡는다. 연두색으로 꽃망울을 달던 것이 보랏빛 봉오리를 맺었다가 감싸고 있는 잎을 밀어내듯 툭 틔우며 피어난 꽃잎은 신기하게도 금세 하얀색으로 변신한다. 하얀색, 보라색 꽃잎을 무수히 달고 진한 재스민 향기를 뿜으며 탐스런 자태를 뽐내는 나무는 이제 원숙한 여인처럼 위엄마저 있어 보인다.

오늘은 직사광선을 피해서 화분을 실내로 들여놓았다. 재스민 향기는 온 방에 퍼져 코끝을 진하게 자극한다. 재스민 향이 진동하던 어느 봄날, 바람에 흔들리는 나무들 사이로 꽃비가 아름답게 흩날리던 젊은 시절 낭만이 깃든 대학 캠퍼스가 떠오른다.

나는 군을 제대하여 복학한 복학생이었다. 군에 가기 전 우리 학과에 처음 영어연극을 도입하여 동아리를 만들고 첫 공연의 연출을 맡은 적이 있었는데, 복학했더니 아직도 영어연극반 동아리가 명맥을

유지하면서 새로운 공연을 준비하고 있었다. 동아리 창설자라면서 나를 고문에 앉힌 후배들은 그해 축제에 공연할 영어연극의 자문을 구하러 가끔씩 나를 공연 연습장에 부르곤 했다.

그러던 어느 날, 학과 수업이 끝나고 쉬는 시간에 한 여학생이 성큼성큼 내게로 다가와 말을 걸었다.

"선배님, 처음 뵙겠습니다. 저는 우리 학교의 동아리 연극반 단원인데요. 우리 학과에서 공연하는 영어연극에 분장을 도와드리라는 부탁을 받았어요. 오후에 제가 연습장으로 갈까요?"

"아, 네…. 그렇게 해주시면 고맙지요. 이따 연습장에서 뵐게요."

이것이 그녀와의 첫 만남이었다. 그녀는 영문도 모르고 업무상 나를 찾아왔을 터인데, 실은 그녀가 날 찾아오게 된 데에는 숨은 사연이 있었다.

내가 복학을 하자 학교 동아리 연극반 활동을 하고 있던 친구 하나가 내게 핑크빛 소식을 전달하겠다고 찾아왔다. 우리 영어교육과에 다니는 여학생 한 명이 연극반에 있는데, 인성이 좋아 교우관계도 돈독하고 게다가 예쁘기까지 하다면서 칭찬을 자자하게 늘어놓았다. 그리고는 같은 학과이니 한번 사귀어 보면 좋을 듯하다고 다리를 놓아 보겠다고 한 것이다.

'아, 이 학생이 바로 그 여학생이구나.'

바로 직감했다. 그렇게 그 여학생을 처음 만나게 되었는데, 바지 윗부분은 펑퍼짐하고 아래로 내려갈수록 통이 좁아지는 디스코바지에 단발머리를 곱게 늘어뜨린 단아한 모습의 그녀에게서 재스민 향기가 나는 것 같았다. 그녀는 나의 마음을 단번에 흔들어 놓고 말았다.

그날 오후 연습장에서 만난 그녀는 소문대로 자상하면서도 차갑고 빈틈없는 당찬 모습의 츤데레형 캐릭터를 아낌없이 보여주었다. 그때부터 내 심장이 쿵쿵 뛰는 것을 느꼈다. 더욱 놀라운 것은, 잠깐이지만 그녀가 나를 싫어하지 않는 눈빛이라는 사실을 알아차린 것이었다. 기회를 노리다가 한쪽에 혼자서 다소곳이 앉아 있는 틈을 타 그녀에게 다가가 떨리는 마음으로 말을 건넸다.

"공연 연습 끝나고 저랑 차 한잔하실래요?"

그녀는 의외로 담담하게 그러자고 허락하고는 나와 약속 장소를 주고받았다. 만남 약속을 받아내고는 속으로 쾌재를 불렀다. 내 짐작이 적중했기 때문이다. 차를 마시기 위해 개인적인 만남을 허락했다는 것은 웬만큼 마음이 없어서는 있을 수 없는 일이겠거니와, 내게 다리를 놓아준 친구로부터 그녀가 그런 세속적인 사랑 따윈 좋아하지 않는 성미라서 예전에 학교에서 누군가가 그녀에게 대시했다가 크게 망신을 당한 적이 있다는 유명한 에피소드까지 들려줬기 때문에, 그녀의 허락은 큰 의미가 있었던 것이다.

이렇게 그녀와의 만남이 시작되었고, 학교 캠퍼스는 종종 데이트 장소로 변해갔으며, 우리의 사랑도 무르익어갔다. 우리는 같은 해에 나란히 졸업을 하고는 부부가 되었다. 그때 그녀와 함께 거닐었던 교정에도 지금쯤 봄꽃이 흐드러지게 피어났을 것이고, 재스민 향 또한 진하게 흩날리고 있을 것이다.

보리수 열매, 효소로 변신하다

우리가 흔히 '보리수나무' 하면 부처님을 떠올린다. 부처가 인도 어느 마을에 있는 보리수나무 아래에서 득도했다고 해서 불교에서 신성시하는 나무로 잘 알려져 있기 때문이다.

그러나 우리나라에 있는 보리수나무는 인도의 그 보리수나무와는 다르다. 우리나라의 보리수나무는 빨갛고 길쭉한 타원형의 열매가 열리는데, 열매는 떫은맛과 신맛을 가지고 있으며 열매에 함유된 탄닌 성분은 소염작용을 하여 기관지의 염증 개선 및 강화에 도움이 되므로 천식이나 기침이 많은 기관지의 기능이 떨어지는 환자들에게 효능이 있어 예로부터 약재로 많이 사용되기도 했다. 그런 효능이 알려진 때문인지 지금도 효소로 담가 조리에 많이 사용되고 있는 열매다.

보리수나무가 우리 어린 시절에는 '포리똥 나무'라고 불리곤 했다. '포리'는 '파리'를 일컫는 사투리이다. 열매에 하얗게 점점이 박힌 모양이 파리의 똥처럼 보였기 때문이라 여겨진다.

옛날 그 시절에는 가로수로 많이 심어져 있었기에 학교가 끝나 집으로 가는 도중에 보리수나무 위로 올라가 한 움큼씩 따서 먹으며 배를 채우던 추억의 열매이기도 하다.

그 보리수나무 한 그루가 우리 화단에서 자라고 있다. 보리수나무 열매가 익었을 즈음이어서 오늘은 열매를 따러 나섰다. 긴팔 옷에 모자, 장갑, 광주리와 넓은 돗자리까지 준비하여 화단으로 향했다. 마치 어린 시절에 물고기를 잡으려고 친구들과 돛대를 만들어 어깨에 메고 개울가로 나서며 물속의 물고기를 모조리 잡아 올릴 기세로 신

나고, 기대 가득하던 때와 똑같은 기분이었다.

보리수나무는 빨갛고 탱글탱글한 열매를 주렁주렁 매달고 무게에 못 이겨, 가지가 곧 찢어질 듯 아래로 늘어뜨렸다. 우선 작업을 시작하기 전에 하나씩 따서 입에 넣고 추억의 맛을 곱씹었다. 잘 익은 보리수나무 열매는 달짝지근하여 입속에서 살살 녹아내리니 그 맛에 손이 자꾸 입속으로 드나들었다.

이어서 열매를 따는 작업이 시작되었다. 번개처럼 움직이는 손놀림으로 빨갛게 잘 익은 열매들이 점점 광주리를 채웠다. 폭염주의보가 내려진 무더운 날씨 때문에 온몸이 땀으로 흠뻑 젖었다. 그러나 열매가 광주리에 채워지는 수확의 기쁨은 더위도 잊게 했다.

열매가 광주리에 가득 채워졌을 즈음 예보대로 비가 내리기 시작했다. 작업으로 더위에 지친 몸을 시원하게 해주는 아주 반가운 비였다. 서둘러 작업을 끝내야 했다.

수확한 열매를 펼쳐놓고 보니 수확의 기쁨은 잠시일 뿐 다시 중노동이 시작되었다. 열매를 씻고 선별하여 말리는 쉽지 않은 작업이 이어진 것이다. 밤늦게야 겨우 모든 작업이 끝나고 깨끗이 씻긴 열매들이 채반 위에 곱게 올려졌다. 잘 익은 열매가 물기를 머금고 반짝반짝 빛나는 모습은 귀한 보석 빛깔보다 더 아름답게 보였다.

힘들게 뒤처리가 끝나고 나서야 열매는 설탕과 함께 유리병에 담아져 효소가 되기 위해 숙성에 들어갔다. 열매는 오랜 숙성기간을 거친 뒤에야 음식 조리에 맛을 가미하는 재료로 쓰일 것이다. 우리 입에 들어오기까지 쉽게 얻어지는 재료는 없는 것 같다.

아내는 교향악단의 지휘자처럼

봄꽃이 한창이다. 길을 걸어도 자동차를 운전해도 지천에 만발한 봄꽃들로 눈이 호강하고 마음 또한 상쾌해지는 계절이다.

세컨하우스 주택 주변과 울타리 앞쪽으로 화단을 조성했다. 아내는 텃밭에 이어 정원 가꾸기에 팔을 걷어붙였다. 아파트 베란다에서 겨우내 꽃씨들을 포트에 파종하여 발아시키고, 화단을 어떻게 꾸밀 것인지를 구상하여 조감도까지 그려가며 봄이 오기를 기다렸다. 그리고는 차가운 바람이 매섭게 불어대는 이른 봄부터 조금 이르다 싶었음에도 부지런을 떨며 화단에 나가 봄을 깨우기 시작했다.

포트에서 발아하여 자란 꽃모종을 화단 이곳저곳에 이식하고, 꽃시장을 돌며 마음에 드는 온갖 꽃모종을 사다 심으며 한껏 기대에 부풀었다. 디기탈리스, 로베리아, 가자미아, 샤피니어, 아스타, 란타나, 핫립세이지, 가우라, 우단동자, 패랭이, 매리골드, 데모르포세카, 너도부츠, 잉글리시데이지, 리빙스턴데이지, 백묘국, 금낭화, 운간초,

사계소국, 목단, 마가렛, 크로커스, 캄파룰라…. 이름을 부르기만도 벅찬 다양한 꽃들이 심어졌다.

분홍색 앵초는 항아리 옆에 심고, 백리향은 단풍나무 아래에 넓게 심었다. 알리섬은 울타리 가까이에 심고, 돌단풍은 큰 화분 아래 받침돌 옆에 자리했다. 올봄에 산에서 분양해 온 여리디여린 노루귀는 작은 돌 아래 그늘지게 심고, 시골 고향 집 터에서 가져온 앙증맞은 봄맞이꽃은 보리수나무 아래에 조심스레 심었다.

지난여름 발트3국 여행 중에 리투아니아의 빌니우스에서 꽃씨를 채집해 온 비덴스는 발아시켜 데크 앞에 심고, 서울 꽃시장에서 구해 온 잉글리시데이지는 작은 화분에 심어 항아리 위에 올렸다. 로베리

아는 번식한 꽃송이가 솜사탕처럼 풍성해지도록 키우겠다고 큰 화분에 심었다. 그 화려한 자태가 벌써부터 궁금해진다.

'무성한 붉은 잎을 자랑하는 휴케라는 어디에 심을까.'

'가고소앵초는 어느 꽃과 같이 있을 때 어울릴까.'

'말발돌이는 화단 맨 앞쪽이 좋겠지.'

아내는 교향악단의 지휘자처럼 움직인다. 아내의 손놀림에 따라 꽃들은 화단의 이곳저곳으로 하나씩 자기 자리를 찾아가면서 멋진 앙상블이 태동할 준비를 한다. 악기들이 저마다의 음색으로 강한 수련을 거친 후 천상의 화음을 이루어 내듯, 아내에게 선택된 꽃들은 정성 어린 보살핌을 받으며 자라서 꽃을 피워 각자의 자태를 뽐내며 아름다운 하모니를 이루게 될 것이다.

아내는 매일 물주고, 풀 뽑아 주고, 기온이 내려가면 덮어주고, 햇살이 강하면 그늘을 만들어 준다. 이렇게 애지중지 사랑을 듬뿍 전해받은 화단 속 식물들이 요즈음 서서히 기지개를 켠다.

겨울을 지낸 옥잠화가 땅을 비집고 올라와 살포시 고개를 내민다. 백합도 죽순처럼 여기저기 얼굴을 내밀었다. 성질 급한 야생화는 추위에도 아랑곳하지 않고 맨 먼저 꽃을 피웠다. 알록제비꽃은 가느다란 줄기에 하얀 꽃잎을 매달고 무게를 못 이겨 기우뚱거린다. 백리향은 푹신한 이불처럼 넓게 펼쳐져 마치 수를 놓은 비단 이불 같다.

빨간 꽃잔디는 울타리를 뒤덮었고, 빨간 철쭉 또한 무성하게 피어 강렬한 꽃 색깔에 눈이 다 부시다. 리빙스턴데이지는 밤새 꽃잎을 덮었다가 햇빛을 받으면 활짝 열어젖힌다. 라일락꽃은 바람에 흔들릴

때마다 진한 향기를 뿜어내고, 자색 매발톱은 여러 개의 봉오리가 경쟁하듯 피어났다. 핑크빛 라벤더는 가녀린 꽃봉오리가 작은 바람에도 살랑살랑 흔들린다. 설란은 솜털 달린 줄기 사이로 빨간 꽃잎을 달고 몇 주째 미동도 하지 않는다. 촉감이 마치 종이를 만지듯 느껴지는 종이꽃 헬리크리섬도 화분 가득 풍성하게 피었다.

제법 몸통이 굵은 모과나무에도 붉은색 꽃이 피었다. 체리나무에도 배꽃마냥 하얀 꽃이 가득 피었고, 블루베리에도 작은 종 모양의 독특한 꽃봉오리가 덕지덕지 달렸다. 꽃샘추위로 실패를 거듭한 끝에 세 번째 분양해 온 천사의 나팔은 이제야 몸을 곧추세웠고, 연약한 클레마티스는 만들어 준 지지대를 타고 감아가며 잘도 오른다. 겨울을 이겨낸 인동초도 제법 굵어진 줄기로 데크를 기어오른다.

각양각색의 꽃들이 하나둘 피어나면서 저마다의 자태를 뽐내며 우리 집 화단 속이 제법 시끄러워졌다. 아내가 지휘하는 화단의 앙상블이 서서히 모습을 드러내고 있는 것이다. 과연 영혼이 담긴 최고조의 앙상블이 화려하게 펼쳐질 날은 언제쯤일까. 설레는 마음으로 그 개막을 기대한다.

된장 담그는 날

어릴 적 할아버지께서는 겨울이면 방안에 대나무로 거치대를 만들고 메주를 지푸라기로 묶어 주렁주렁 매달았다. 이 메주는 따뜻한 방안에서 바짝 건조되어 단단해지게 되고, 그 과정에서 어떤 놈은 갈라진 틈새로 곰팡이가 피기도 한다. 메주가 익는 겨울이면 방안에 문을 열고 들어갈 때마다 묘하고 이상야릇한 냄새에 시달리곤 했다. 그렇다고 진동하는 메주 냄새를 탓하던 시대는 아니었다. 누구네 집이나 다 그렇게 하면서 살았던 시절이었으니.

아내는 언제부터인가 그 추억의 메주로 직접 된장 만들기에 나섰다. 지금껏 아파트 베란다에서 해오다가 올해부터는 세컨하우스 단독주택에 장독대까지 마련하여 된장 담그기를 시도하며 한층 신이 났다.

콩으로 메주를 직접 쑤진 않고, 이미 만들어진 네모 모양의 메주덩이를 사서 하는 것이니 복잡한 전반부 과정이 생략되긴 했어도 그나

마 쉽지는 않은 일이다. 로컬푸드 매장에서 메주덩이를 샀더니 숯과 건고추, 건대추가 덤으로 따라왔다. 그리고 유기농 매장에서 천연소금을 사고 마트로 가서 생수를 샀다.

집으로 와서는 맨 먼저 된장을 담글 항아리를 물로 깨끗이 씻고, 내부는 토치로 그을려 세균을 박멸했다. 옛날 조상들은 지푸라기에 불을 붙여 항아리 내부를 그을렸던 지혜가 있었다. 소독된 항아리에 메주부터 담고 준비한 생수와 소금을 부어 넣은 뒤, 숯과 건고추, 건대추를 띄워서 촘촘한 그물망 덮개를 덮어 외부로부터 해충을 보호하는 것으로 거사를 마무리했다.

그리고는 60일이 지나 이제 가르기를 할 때가 되었다. '가르기'란 숙성된 메주를 꺼내 부수고 으깨서 치대주면 된장이 되고, 액체는 걸러서 간장으로 만드는 것을 말한다. 보통 메주 담근 지 50~60일이 되면 가르기를 하는데, 너무 일찍 하면 메주가 덜 불어 치대기가 힘들고, 너무 늦으면 메주가 불어서 풀어져 간장이 맑지 않게 된다. 따라서 꼭 날수에 연연하기보다는 메주를 꺼내 상태를 보고 가르기 날을 결정하는 것이 좋다고 한다.

아내는 거실 바닥에 김장용 대야를 큰 것부터 작은 것에 이르기까지 여러 개를 준비하여 늘어놓고, 장독대에 된장을 담가 숙성시켜 둔 항아리를 들고 오자고 하였다. 낑낑대며 항아리를 거실로 들여놓고 먼저 액체를 걸러 담아낸다. 걸러낸 이 액체는 간장이 되는 것이다. 그리고 메주를 꺼내 큰 대야에 담고, 이미 담아낸 간장을 다시 조금씩 부어주며 골고루 치댄다.

아내가 치대는 모습이 재미있어 보여 나도 한번 해보겠다고 나섰다. 그런데 그게 보는 것처럼 쉬운 일이 아니었다. 손가락 사이로 밀려나면서 골고루 치대지지가 않아 여러 번 반복해야 하는 일이 꽤 힘들었다. 그런데 어찌 이 힘든 일을 아내는 즐거운 표정으로 하고 있을까. 나는 궁금해서 아내에게 물었다.

"여보, 이거 힘들지 않아?"

"뭐가 힘들어요? 나는 재미있기만 하구만."

"재미가 있다고?"

더 이상 할 말을 잃었다.

시중에 나와 있는 된장을 사 먹으면 편할 일이지만, 아내는 이렇게 직접 담그며 힘든 일을 자처하고 있다. 스스로 마음에서 우러나오지 않고는 할 수 없는 일이다.

아내는 직장생활을 하면서도 아이 둘을 낳고는 둘을 키우기도 힘이 드는데, 셋째를 갖고 싶어 했다. 물론 먼저 딸 둘을 낳았으니 아들을 키워보고 싶은 속내는 이해하지만, 보통은 그 욕심이 남편에게서 나오고 여자인 당사자는 고민하는 것이 보통일진대, 아내는 이를 먼저 제안하고 나섰다. 더욱 놀라운 것은 아내는 셋째를 갖겠다는 뜻이 그때 갑자기 생긴 마음이 아니고, 둘째를 출산하는 순간부터 셋째를 갖겠다고 다짐을 했단다.

그리고는 만삭인 몸으로 두 아이를 힘들게 기르면서 셋째를 출산했고, 세 아이를 기르면서는 그야말로 전쟁처럼 생활해야 했다. 셋을 기르자니 아이들 등원, 하원에 꼬마 육아에 자신의 직장생활까지 하루도 맘 편히 지내본 날이 없었다. 아이가 아프기라도 하는 날에는 모든 일정이 뒤죽박죽이 되어 무엇을 어디서부터 해결해야 좋을지 모르는 난감한 상황이 발생해도 아내는 해냈다. 도저히 못 하겠다고 나자빠져 보거나 한 번도 누구를 탓하는 걸 본 기억이 없을 정도로 강단이 있는 여자다.

김장 또한 아내가 신혼 때부터 직접 담가서 먹었다. 그리고는 가끔 내게 말했다.

“내가 김장 담가 먹는다고 모든 직장여성이 다 그러는 일처럼 여기면 안 돼요.”

그 말을 듣고서야 나는 직장에 가서 그 말의 진위를 파악했고, 쉽지 않은 일이라는 것을 알게 되었다. 게다가 김장철에는 모든 여인이 사람들 손이 많은 날 김장을 하려고 남편의 바깥 약속조차 못하게 하면서 날을 받아 도움을 청하곤 하는데, 아내는 시골에서 생활하던 내가 주말에 돌아와 김장하는 것을 좀 도와줄라치면 내가 오기 전에 미리 김장을 다 끝내 버리곤 했다.

"우리는 김장 안 해?"

"다 했는데요?"

"혼자? 왜?"

"그냥."

매사 이런 식이다. 범인의 눈으로는 이해가 안 될 정도이다. 어찌 됐든 아내의 살림 욕심이랄까, 삶의 방식은 천하무적이다.

어느새 메주 치대기가 다 끝이 났다. 으깬 메주는 깨끗이 소독한 항아리에 담아 간장을 잘 부어서 속으로 스며 들어가게 재어두고 숙성시킨다. 간장은 다른 항아리에 체를 대고 부어 이물질을 걸러낸 후 따로 숙성시킨다.

옛 조상들은 이런 지혜를 어떻게 터득했을까. 실생활에서 경험으로 얻어진 고유의 레시피가 대를 이어 구전으로 전해오는 방식, 그런 것이 전통이 되나 보다.

된장 만들기에 점점 익숙해진 아내는 다음부턴 콩을 사서 삶아 메주부터 만드는 작업을 해봐야겠단다. 그것마저 성공하면 밭에 콩부터 재배하겠다고 나설까 우려된다.

아무튼 가뜩이나 사라져가는 전통을 한 가지라도 되살려 도전하는 모습이 대견하다. 숙성이 끝나는 내년에 맛보게 될 독특한 아내표 된장이 벌써부터 기대된다.

단풍나무와 돌절구통을 입양하다

오늘, 내게는 유서 깊은 두 개의 물품이 이사를 왔다. 시골 고향 집 화단에서 오래도록 자라던 단풍나무와 부엌 뒤편에 놓여 있던 돌절구통이 우리 세컨하우스로 옮겨진 것이다. 사람이 살지 않아 비어 있는 시골집에서 아무도 눈여겨보지 않고, 등한시되는 것보단 직접 가꾸고 자주 보면서 관리하는 것이 더 좋을 듯해서 옮겨 오기로 했다.

나무를 좋아하셨던 아버지는 살아 계시는 동안 집 주변에 틈틈이 나무를 심으셨다. 사계절 푸르른 잎을 달고 지내다 주변이 황량해진 겨울에 붉은 꽃잎을 다는 동백나무, 보랏빛 한복을 곱게 차려입은 것처럼 단아한 자색의 큰 꽃잎을 피우는 자목련나무, 잎도 나오지 않은 가지에 자잘한 진보라색 꽃잎이 꽃자루도 없이 다닥다닥 붙어 피어나는 박태기나무를 화단에 심으셨고, 울타리에는 나무에 붙은 가시 사이로 노랗고 탐스런 탱자가 열려 새콤한 향기를 집안에 전해주는 탱자나무를 심으셨다.

은행나무는 잎은 약의 원료로 쓰이고, 열매인 은행알은 식품 중 하나이며, 목재는 나뭇결이 곧고 무늬가 고와 고급 가구의 소재로 쓰인다며 어느 하나 버릴 것 없는 유익한 나무라고 귀히 여기며 집 주변에 여러 그루를 심으셨다.

단풍나무는 선물 받은 분재였는데, 솜씨가 없어서 관리하지 못하면 자칫 하나의 생명을 잃게 된다며 화분에서 캐내 화단에 심으셨다. 이 나무가 무럭무럭 자라 사람 키보다 큰 고목이 되었다. 봄이 오면 연록의 새잎을 피워내고, 한여름이면 초록이 무성해지다가 낙엽이 지기 전에 잎사귀가 붉게 물들어 새빨갛게 단풍이 들어 우리 집 가을 화단을 눈이 부시도록 아름답게 빛내주곤 했다. 그런데 사람이 살지

않으면서 화단이 관리가 안 되니 잡풀이 우거져 전체가 수풀 더미에 쌓이게 되고 단풍나무도 환삼덩굴이 칭칭 감아 잎을 돋우지 못하게 되어 세컨하우스로 옮겨 오기로 한 것이다.

돌절구통은 시골 고향 집을 개축하기 전 고가였을 때 뒤편 장독대 앞에 있었다. 어린 시절 명절날이면 떡을 할 때 절구통에 떡 반죽을 넣고 위에서 메로 내리쳐 반죽을 으깨는 작업을 했다. 김장철이면 고춧가루를 빻기도 하고, 깨를 넣어 분쇄할 때도 사용했다. 작업이 끝나면 깊은 웅덩이 같은 절구통 아래에서 분쇄된 고춧가루나 깨소금을 바가지로 긁어 올려야 했는데, 밑에 구멍이 없어 아래로 긁어내리지 못하는 단점 때문에 많이 불편했지만 옛 사람들은 고생을 하면서도 어쩔 수 없이 사용해야 했던 도구이기도 하다. 그런 불편한 도구여서인지 어린 시절 이후론 사용하는 것을 본 적이 없다. 그냥 시골집 한쪽에 굴러다니던 도구일 뿐이었다.

이제 단풍나무는 오랜 세월 자라서 성목이 되었고, 돌절구통은 무게가 어마어마하다. 지인의 트럭을 빌려 옮기기로 했다. 그러나 차에 실어 올리는 것도, 차에서 내려 자리로 이동하는 것도 보통 힘든 일이 아니었다. 기계가 없던 옛날 사람들은 이런 무거운 물건을 어떻게 만들고 이동했을까. 새삼 선조들의 삶의 방식이 놀랍게 여겨졌다.

아버지의 사랑을 듬뿍 받으며 자란 나무 한 그루, 어머니의 과거 힘든 시절을 오롯이 지켜봤던 살림 도구 한 점을 내 집으로 들여놓은 기분은 묘하면서도 흐뭇하다. 그것들이 자리를 차지하고 늘 가까이에서 만나게 되니 여기 새롭게 둥지를 튼 낯선 땅도 더 친숙해질 것

이고, 이제 우리 집 정원은 부모님의 향기 가득하여 옛 추억이 새록 새록 솟아나는 더 아늑하고 포근한 보금자리가 될 것 같다.

정년퇴직은 생전에 치르는 장례식?

택배가 왔다. 딸아이가 보낸 것이다. 뜯어보니 『끝난 사람』(우치다테 마키코 著)이라는 책이다.

한평생 일에 몰두하고 살아왔으며, 한동안 승승장구하다가 임원 진급을 눈앞에 두고 경쟁에서 패해 조그만 자회사로 좌천된 이후 정년을 맞이한 한 남자의 삶을 추적한 소설이다. 그는 '정년퇴직은 생전에 치르는 장례식'이라는 말로 은퇴자가 되어 당하는 자신의 현실을 함축해 표현한다. 격하게 공감이 가는 말이다.

워커홀릭(workaholic)으로 일에만 매달려 살았던 현역에서 은퇴하고는 무한정으로 주어진 시간 앞에서 준비된 취미생활도 없이 무기력하게 살아야 했고, 제2의 인생을 설계하다가는 '끝난 사람'이라고 취급하는 주변 분위기에 의욕을 잃기도 하고, 대학원 진학 공부를 위해 문화센터에 갔다가 우연히 만난 동향 출신의 여인과 연모의 정을 품기도 하는 등 은퇴 이후의 파란만장한 삶을 살아간다.

그러던 중 젊은 벤처기업 사장으로부터 뜻밖의 '고문' 제안을 받고 고민에 빠지는데, 일을 하고 싶은 욕망 때문에 가족들의 만류도 뿌리치고 제안을 수락하여 다시 생활 전선에 뛰어들었다가 그는 예상치 못한 시련에 부딪히고, 평탄치 못한 역경 속에 노후를 보내게 된다.

작가는 젊은 시절에 어떻게 살았든 모든 인간의 종착지는 대개가 비슷하더라면서, 사회적으로 끝난 사람이 되고 나니 다 똑같은 '일렬횡대'가 되는 데서 집필의 아이디어를 얻었다고 했다. 종착지에 도달할 때까지 잘 굴러온 인생들이 오히려 일렬횡대를 받아들이기 힘들어하는 사실은, 주인공 '다시로 소스케' 씨의 캐릭터가 되기에 충분했던 것 같다.

갑작스런 은퇴의 충격, 준비되지 않은 은퇴 이후의 삶, 고리타분한

노인들과 같이 취급되고 싶지 않은 허세, 무한정 주어진 한가한 시간을 받아들이지 못하는 허탈감…. 마치 나의 은퇴를 맞아 닥쳐올 미래 이야기를 적어 놓은 듯하여 단숨에 읽었다.

딸아이는 은퇴 이후 어떻게 살 것인가를 고민하는 아빠에게 정신적 위로를 주고 주인공의 삶을 반면교사 해보라는 뜻으로 이 책을 사서 보낸다고 했다. 은근히 아빠에게 메시지를 전하고픈 딸아이의 자상한 배려였다.

그렇다면 나는 '끝난 사람'으로 그냥 끝을 맞이할 것인가.

은퇴 이후의 삶을 어떻게 극복해 나가야 할 것인가.

자유를 즐길 줄 아는 여유, 여유를 통제할 줄 아는 삶.

그런 생활 속에서 행복을 느끼는 자아를 찾아가면 되지 않을까.

딸아이가 보낸 메시지가 나를 오래도록 생각에 잠기게 했다.

아내는 몰래 묻고, 남편은 몰래 파헤치고

세컨하우스에서 잠을 깼다.

창문을 열었더니 호수에서 불어오는 차가운 바람이 뺨에 부딪히며 아침 공기가 아직은 차갑게 느껴진다. 앞산 위로 해가 솟는다. 떠오르는 태양은 먼저 정원에 빛을 내리며 서둘러 피어 있는 이른 봄꽃들을 깨운다. 엊그제만 해도 화사하게 피웠던 꽃잎을 다 떨어뜨리고 벌써 새순이 무성하게 돋은 모과나무 위로 참새들이 찾아와 재잘거리며 조용한 정원에 생기를 불어넣는다.

현관문이 열리면서 아내가 그릇에 무언가를 가득 담아 들고나오더니, 호미를 챙겨 들고 텃밭으로 향한다.

"뭔데?"

"음식물 쓰레기인데 텃밭에 묻으려고요."

"그거 묻으면 텃밭만 지저분해지는데."

"어때요? 땅에서 썩으면 다 퇴비가 되는 건데."

그렇긴 한데 여기저기 아무렇게나 막 묻으면 안 되고, 한 곳에 퇴비장을 만든 뒤에 모아 놓아야 그곳에서 오래 썩고 발효돼서 퇴비로 쓸 수 있는 거라고 아무리 설명해도 아내는 친환경 퇴비가 되는 것이라며 금방 썩으니 염려 말라면서 부득불 텃밭에 묻어버리곤 한다.

아내의 말에도 일리는 있다. 그렇게 하면 음식물 쓰레기를 처리하기도 하고, 작물 성장에 도움이 되도록 친환경 퇴비 역할도 하는 일석이조의 효과가 있다. 그런데 아내는 텃밭에 작물을 심고 기르기만 할 뿐, 텃밭에 작물을 심을 수 있도록 밭갈이를 해주는 사람은 나다. 그렇게 아무 곳에나 음식 쓰레기를 마구 묻어 두면 몇 개월 사이에는 다 썩지 못하기에 밭갈이할 때 다 드러난다. 그래서 밭갈이를 하고 나면 텃밭은 쓰레기 매립장을 뒤엎어 놓은 것처럼 쓰레기들이 여기저기 둥둥 떠다니는 밭이 되고 만다. 아내의 말대로 퇴비 역할을 하려면 밭갈이를 하지 않고 그대로 몇 년을 경작하는 밭이어야 그 논리가 가능하다. 그런데도 아내는 밭갈이할 때 떠 올라오는 쓰레기는 다시 묻으면 된다고 항변한다. 그러면서 자기는 텃밭을 시작할 때부터 그런 친환경 퇴비를 직접 만들어 사용하는 꿈을 꾸어왔기에, 그렇게 하고 싶으니 그냥 두라며 뜻을 굽히지 않는다. 그러나 그럴 수도 있을 것 같으면서도 말처럼 쉬운 일이 아니다.

서로의 주장이 다른 말로 계속하면 해결점이 없이 갈등만 생긴다고 생각되어 더 이상 만류하는 것을 접었다. 대신 아내가 쓰레기를 묻었을 때 몰래 가서 드러내 따로 처리하곤 했다. 아내는 자기가 묻은 음식 쓰레기가 텃밭에서 발효되어 퇴비로 사용된 줄로만 알고 있

다. 아내 또한 내가 그렇게 텃밭에 묻는 걸 싫어한다는 것을 알고부터는 내가 신경 쓰일까 봐 나 몰래 가서 묻곤 한다. 그래서 나도 밭을 순찰하다가 묻어진 티가 나는 곳을 발견하면 몰래 파헤쳐 드러내 처리하곤 했다.

부부가 서로 배려한 것이다. 아내는 남편 몰래 묻고, 남편은 아내 몰래 파헤쳐 드러내 처리하고. 그랬더니 갈등 요소는 해결되었으며 서로가 상처 주지 않으면서 둘 다 원하는 대로 하면서 살고 있는 것이었다. 이것이 조금은 불편해도 평화를 잃지 않고 살아가는 우리 부부가 사는 법이다. 물론 나중에는 대화가 잘 되어 따로 텃밭 상자 하나를 퇴비장으로 만들어 사용하기로 하면서 우리 부부의 밀당은 끝이 났지만 말이다.

아내는 친환경 애호가이다. 지금도 아파트에서 베란다에 문을 열면 바나나, 사과 등 과일 껍질을 퇴비로 만들어 쓰겠다고 물에 불려 발효를 시키고 있다.

"이게 무슨 냄새야?"

"과일 껍질 발효시키는 중이에요."

"아고… 이렇게 안 하면 안 돼?"

"바깥 창문 열어두었으니 곧 냄새 없어질 거예요."

"친환경 퇴비 5천 원만 주면 큰 푸대로 하나 살 수 있는데."

"이걸 돈으로 따지면 안 되지요. 지구를 살리는…."

"…… "

오래전에는 이런 일도 있었다. 우리 지역에 처음으로 고층 아파트가 들어섰다. 그땐 대부분의 사람들이 선망하는 꿈 같은 아파트였다. 아파트에 입주하였는데, 내부 시설들이 놀랍도록 잘 만들어져 있었다. 가장 놀라운 것은 뒷베란다 벽 쪽에 부엌 아궁이만 한 문이 하나 달렸는데, 쓰레기 배출구라고 했다. 그 문을 열면 15층이 하나로 연결되어 위아래로 뚫려 있는 큰 통로였다. 그 배출구에 문을 열고 모든 쓰레기를 집어 던지기만 하면 지하 집하장으로 쿵하고 떨어지게 되어 있었으니 주부들에게 얼마나 편리한 시스템인가 말이다. 세상에나. 생각만 해도 끔찍하고, 미개한 시대를 살았다.

우리에게는 얼마 전까지만 해도 환경 오염, 쓰레기 배출에 대한 개념조차 없던 시대가 있었다. 그 당시에 '분리수거'라는 말만 있었어도 이런 배출구를 만들어 내는 황당한 건축 구조는 생길 수 없었을 것이기 때문이다. 얼마 지나지 않아 정부에서는 환경 오염이란 용어가 등장하면서 쓰레기 배출에 대한 계몽을 하고 있었다. 물론 계몽이었지 강요하진 않으면서 '쓰레기 분리수거'의 필요성을 홍보하고 있었다. 그때 아내는 바로 베란다에 있는 '쓰레기 배출구'의 문부터 폐쇄했다.

관리사무소에서는 아파트의 1층 쓰레기 집하장에 재활용을 위한 폐휴지, 유리, 고철, 깡통, 플라스틱을 분류하여 버릴 수 있도록 그물망 분리대를 설치하여 계몽하고 있었다. 홍보는 하고 있었으나 아무도 분리배출에 관심을 두지 않던 그때부터 아내는 홀로 꼬박꼬박 분리배출을 시행했다. 그리고 아이들이 먹고는 수도 없이 쏟아져 나오는 우유 팩은 씻어서 말린 후 펼쳐 차곡차곡 쌓아서 묶어 재활용 코너에 배출하는 수고도 했다.

그러다 어느 날 우연히 아래를 내다보다가 쓰레기를 모아 채집해 가는 시청 환경 미화 차량을 보고 아연실색했다. 그렇게 힘들여 분리배출한 모든 쓰레기를 모두 한 데 뒤섞어 차량에 던져올려 가져가는 것이 아닌가. 주민들에게는 분리배출을 홍보해 놓고는 분리해 놓은 걸 모조리 섞어서 수거해가는 황당한 광경을 목격한 것이다. 충격적이었다. 아내는 "세상에, 저러려면 내가 이런 수고를 왜 했지?" 하면서 씁쓸해했다. 그럼에도 불구하고 분리배출을 멈추지 않고 선도적으로 시행했다. 쓰레기 문제가 지금처럼 이 시대의 큰 화두가 되어 있을 줄 미리 알았던 것처럼 말이다.

아내는 그렇게 오래전부터 환경 보호에 관심이 지대했던 사람이다. 지금도 아파트에서 쓰레기 배출하는 일은 나에게 잘 시키지 않으려 한다. 내가 귀찮다고 함부로 배출해버릴까 염려스러워서일 것이다. 부득이 내게 시켜야 하는 때에는 초등학생 교육하듯 이건 이렇게 저건 저렇게 하라며 분리수거를 자세하게 설명하면서 신신당부하곤 한다.

우리 집에 막걸리 마시러 오세요

- 유산균이 풍부하여 면역력을 향상시킨다.
- 지방 축적 억제로 체중조절에 도움이 된다.
- 혈관 내 콜레스테롤을 제거하여 성인병을 예방시킨다.

우리나라 대표 고유의 전통주인 '막걸리'의 효능이란다. '막걸리'는 '마구'의 의미인 '막'과 '거르다'가 결합하고, 명사 파생 접미사 '-이'가 덧붙여져 생겨난 말이다. 다시 말해 '막 걸러낸다'는 뜻에서 붙여진 이름인 것이다.

막 걸러서 그런지 막걸리는 텁텁한 색깔이 그닥 입맛을 돋우지는 않는 모습이다. 그래서 어린 시절 맛있어 보이지 않는 이 막걸리를 어른들이 즐겨 마시는 것에 대한 호기심이 빚어낸 에피소드를 아직껏 잊을 수 없다.

초등학교 1학년 때였을까. 모내기로 바쁜 농번기였는데 가게에서

막걸리를 사서 산 너머 논으로 가져다 달라는 어른들의 심부름을 받았다. 막걸리가 들어 있는 주전자를 들고 산길을 걷다가 문득 도대체 무슨 맛이기에 어른들은 이걸 먹는 걸까 하는 의구심이 들기 시작했고, 산속 숲길이기에 아무도 보는 사람이 없으니 잘됐다 싶어 주전자 꼭지에 입을 대고 한 모금씩 몇 번을 마시며 맛을 보았다. 그리고는 아무런 맛도 없이 입만 텁텁한 이 막걸리를 즐겨 마시는 어른들이 참 이상하게만 여겨졌다. 그러나 궁금하기만 했던 막걸리의 맛을 봤으니 오늘은 호기심 하나를 해결한 운수 좋은 날이라 생각하며 막걸리 주전자를 들고 산 너머 어른들이 일하시는 논에 도착했다.

그리고 아무 일도 없었다는 듯이 주전자를 어른들에게 건넸는데, 주전자를 받아든 어르신께서 주전자 뚜껑을 열어보지도 않고 내가

시음한 것을 알아채고는 "이놈이 술을 마시고 왔다."며 막 놀리시는 것이었다. 당황한 나는 주전자를 건네자마자 급히 현장을 피해 집으로 줄행랑을 치고 말았다.

귀신이 곡할 노릇이다. 아무도 본 사람이 없었는데 어른들이 나의 도둑 시음을 어떻게 아셨을까? 나는 집으로 오는 산길을 걸으며 내내 궁금하기 짝이 없었다.

술을 마시면 얼굴이 빨개지는 사실을 알지 못하던 어린 시절의 첫 막걸리 시음의 추억이다. 한편 어린 내게는 혼자만 아는 듯한 거짓말도 결국엔 탄로 나게 되는 것이라는 뜻밖의 교훈을 얻었던 사건이기도 했다. 훔쳐 마신 막걸리 시음을 들키고는 도망치듯 산길을 걸어 어떻게 집에 왔는지도 몰랐던 그 날의 기억이 벌써 아득하다.

어린 시절 특별한 사연을 가진 막걸리이기도 하고, 또한 영양가가 높아 건강식품이나 다를 바가 없는 발효식품인 막걸리를 직접 세조해보기로 했다. 그래서 종종 막걸리를 제조하여 즐겨 마시는 발효식품 예찬론자인 친구에게 레시피를 문의했다.

- 쌀을 불려 고두밥을 만든다.
- 누룩과 이스트를 섞어 물에 불린다.
- 고두밥과 불린 누룩을 항아리에 담고 생수를 붓는다.
- 그리고 실온에서 발효되기를 기다린다.

친구는 이렇게 막걸리 제조법을 알려주며 막걸리가 완성되면 서로의 작품을 갖고 와 맛을 견주어 보자는 말도 덧붙였다.

이제 레시피대로 막걸리를 빚는다. 쌀을 오래도록 불려서 물기가 거의 없이 밥솥에 넣고 고두밥을 지어 숨을 쉰다는 항아리에 생수와 함께 부어 넣고 이스트와 누룩도 섞어 불려서 붓고는 천으로 덮고 뚜껑을 덮어 발효시킨다. 그리고는 매일 한 번씩 항아리의 뚜껑을 열고 발효 중인 막걸리를 긴 나무 주걱으로 휘휘 저어 주어야 한다. 뚜껑을 열 때마다 밥알이 동동 뜨면서 뽀글뽀글 소리를 내며 발효가 진행되는 모습을 보게 되는데, 나는 이 소리가 참 좋다. 마치 뱃속에서 나는 꼬르륵 소리와도 유사하면서 묘한 매력이 있다.

술이 익어가는 항아리의 뚜껑을 열고 막걸리를 젓고 있는 모습을 지켜보던 딸 아이가 묻는다.

“아빠는 술도 안 드시면서 웬 막걸리?”

그래서 대답했다.

“예로부터 전통주는 집에 오는 손님 접대용이었느니라.”

이렇게 우리 집 외교 의전 공식 음료가 탄생되고 있는 것이다.

담근 지 일주일이 지나면 잘 익은 막걸리를 거른다. 먼저 체에 술덧을 부어 찌개미를 걸러내야 한다. 아내가 큰 대야 위에 체를 받쳐 들고 기다리면, 나는 항아리 속의 술덧을 체 위에 부어주며 서로 역할을 분리했다. 그런 뒤에 다시 면보에 부어 손으로 꼭 짜서 나머지 찌개미까지 걸러낸다.

찌개미가 체에 달라붙어 체의 구멍이 막혀 거름망 역할을 멈추는가 하면, 이리저리 튀기도 하고 생각보다 보통 번거로운 일이 아니다. 거실 바닥은 여기저기 흘린 막걸리 방울과 튀어나간 찌개미들로 아수라장이 되었다. 술을 거르다 찌개미가 팔목에 튀고 얼굴에 튀어 달라붙은 모습이 어찌나 우스운지 우리 부부는 서로를 쳐다보며 씨익 웃는다. 마치 어린아이들이 미술 시간에 물감을 흩뿌리고 놀다 상대 친구의 얼굴을 보며 즐거워하는 모습 그대로다.

한바탕 소란을 피웠으나 완성된 막걸리를 보니 지난한 과정의 피로를 싸악 잊게 된다. 빈 페트병에 가득 가득 채워진 수제 막걸리를 보면서 우리 집을 방문하는 친구들에게 한 잔씩 따라주며 정을 나눌 기쁨에 벌써부터 마음이 설렌다.

오늘은 우선 아내와 함께 한 잔씩 따라 시음을 해야겠다.

막걸리 한~~잔~~♪♬♩

나는, 자유다

오전에 일찍 텃밭 일을 끝마치니 해가 중천을 지난다. 벌써 햇볕이 따가울 정도의 계절이 되었다. 이제 바깥일은 쉬는 타임이다.

서재로 들어와 라디오를 켜고 창문을 활짝 열어젖혔다. 바깥에서 불어오는 시원한 바람이 살갗에 부딪는다. 책 몇 권을 뽑아 들고 바닥에 벌러덩 드러누웠다. 누워서 다리를 꼬고 왼쪽 무릎 위에 오른쪽 다리를 올려놓은 자세는 세상 최고로 편안한 자세다. 펼쳐 든 한비야 작가의 책에는 여행 중 영암 평야 지대를 걸으며 들녘 농부들에게서 배운 걸쭉한 사투리를 잘도 뱉어내는 장면이 나온다. 라디오에선 바이올린과 피아노 협주곡 'Last Carnival'이 고상하게 울려 퍼진다.

누운 채로 창밖으로 비치는 바깥 풍경을 올려다보니 파란 하늘에 하얀 뭉게구름이 자유롭게 흐르고, 앞산 꼭대기에서 뛰어내린 형형색색 패러글라이더들이 마치 가을 하늘의 잠자리처럼 하늘을 수놓는다.

창밖은 평화롭다. 그리고 나는 한가롭다. 가장 편한 자세로 드러누워 발가락만 꼼지락거리며 펼쳐 든 책이 싫증 나면 바로 집어 던지고 다른 책을 골라 편다. 그리고 책을 잡은 손이 무겁게 느껴지면 그대로 바닥에 떨구어 버리고 두 눈을 감은 채 시원한 바람에 몸을 맡기고 잠에 빠진다.

아… 선선하고 나른한 오후 한나절.

누군가 부추기지 않아도, 나는… 자유다!

여름

5월의 정원에 울리는 생명의 노래

계절의 여왕이라 불리는 5월. 현관문을 열고 나서다 활짝 핀 클레마티스 붉은 꽃과 마주치고 반가워서 휴대폰으로 사진을 찍는다. 5월의 정원은 찬란하다. 맨 먼저 봄을 알리며 대지를 깨우고 정원을 붉게 물들였던 꽃잔디, 철쭉, 영산홍꽃들이 소리 없이 자취를 감추더니 바통을 이어받은 봄꽃들이 앞다투어 피어났다.

겨우내 아파트 베란다에서 발아되어 싹을 틔웠던 한련화가 노랗게 피었고, 페츄니아는 무성하게 잎을 돋더니 마디마디에서 짙은 자색 꽃잎을 달고 화분 가득 탐스럽게 피었다.

갑작스런 꽃샘추위에 현관으로 들고나기를 반복하며 애를 태웠던 초화화는 어린 솔잎을 땅에 꽂은 듯이 자란 몸통에서 가느다란 줄기를 세우고, 그 끝에 손톱만 한 작은 꽃잎을 달고 신비스럽게 하늘거린다.

봄을 시샘하느라 유독 강추위, 강풍이 많았던 올 초봄의 변덕스러운 날씨에 화초 관리는 애를 먹었다. 일찍 화단에 심은 난타나는 냉

해로 사경을 헤매다 겨우 소생하여 꽃을 피우고 있으며, 항아리 물속에 넣어준 부레옥잠은 갑작스런 혹한에 얼어서 세 번 만에야 자리를 잡고 자란다. 그런 상처를 딛고 자란 화초들이 더 소중하게 느껴지는 건 인지상정인 모양이다.

바람이 불어도, 매서운 추위가 와도, 또는 너무 일찍 따뜻해져도 노심초사 손길이 더 필요했던 화초들이 저마다의 사연을 안고 자라나 정원을 꽃으로 가득 채웠다. 화단 곳곳은 여기저기 알록달록 화려하다. 가히 꽃 잔치를 벌이고 있는 것 같다.

무슨 연유인지 아내의 눈 밖에 나 하마터면 쫓겨날 뻔했던 키 큰 패랭이는 정원 입구 한켠을 점령하고 보란 듯이 예쁜 꽃을 피우고 맨 앞에서 손님을 맞는다. 작은 바나나 모양의 독특한 꽃봉오리를 매단 백합도 손바닥만 한 꽃잎을 열었다.

해를 넘기며 실내에서 월동한 로벨리아는 보랏빛 고운 자태로 감동을 준다. 범상치 않은 꽃 모양으로 눈길을 사로잡는 강렬한 인상의 데모르는 오래도록 지지 않고 화단을 지킨다. 작년에 심어둔 카네이션도 빨갛게 피어 마음껏 색감을 발산한다.

라벤더 큰 키에 눌려 바닥에 바짝 눌러 붙어 눈에 잘 띄지 않는 애기누운주름도 자세히 보면 작은 꽃잎이 초롱초롱하여 꽤 매력적이다. 라벤더는 작은 바람에도 춤추듯 흔들리며 한결같이 고운 향기로 마음을 빼앗는다.

개구리 알만한 작은 꽃잎이 하얗게 눈송이처럼 부풀어 피어난 알리섬의 진한 향기는 코끝을 자극하고, 꽃의 향기가 백 리를 간다는 백리향도 양탄자처럼 덥수룩하게 화단을 뒤덮으며 자란 꽃무덤 위로 꿀벌들이 꽃송이보다 더 많다.

늦게 생장하면서 애를 태우던 재스민도 엄청 탐스럽게 꽃을 피웠고, 그 진한 향기는 춤추듯 온 정원에 퍼져나간다.

감나무 아래 숲을 이루듯 피어난 원평소국과 단아하게 모여 하늘로 얼굴을 내민 춘절국은 아내가 가장 아끼는 꽃이다. 춘절국의 자태는 보는 이를 설레게 한다. 잎이나 줄기 사이에 드문드문 피어나는 일일초는 꽃잎의 색감이 예뻐서 볼수록 마음이 편안해진다. 꽃의 종류도 색깔도 다양한 제라늄은 지고 피기를 반복하면서 연일 새로운 기대감을 준다.

디기탈리스도 시작이다. 종 모양의 꽃이 굴비를 엮어 놓은 듯 나란히 매달려 매일 매일 개수를 늘려가며 피어나는 모습이 신기하다.

노란색, 핑크색, 자주색, 붉은색, 흰색의 다양한 꽃들이 축제를 벌이는 5월의 정원에선 걷는 걸음마다 설렘 가득하다.

말없이 하얀 몸뚱어리를 곧추세운 백묘국.

키가 높이 솟아 제 몸 가누기에도 힘이 든 샤스타데이지.

긴 줄기에 빨갛고 큰 꽃잎을 달고서 의기양양한 양귀비꽃.

작년에 심었던 야생화 뿌리의 새싹, 애기용담.

씨가 흩어져 날리며 발아되어 꽃숲을 이룬 마가렛.

긴 줄기를 자랑하며 번식력 강한 우단동자.

앙증맞은 작은 꽃잎이 품위 있어 보이는 사계소국.

눈물 같은 꽃잎을 줄기에 이슬 맺듯 매단 휴케라.

꽃잎이 색깔별로 화려한 리빙스턴데이지.

한땀 한땀 자라 데크 위까지 올라선 인동덩굴.

점잖은 모습으로 오래도록 변함이 없는 잉글리시데이지.

수줍어 고개 숙인 모습으로 자주색 초롱을 매단 초롱꽃.

어린 순을 줄기에 달고 화분을 뒤덮은 칼 마삭.

가지 끝에서 바람에 흔들리며 피는 삼지구엽초꽃.

복주머니 모양의 진분홍색 꽃들이 주렁주렁 매달린 금낭화.

불빛에 반사되는 샹들리에 유리구슬마냥 꽃잎이 복슬대는 말발도리.

말 걸어주고, 애태우고, 환희하고, 토닥여 주면서 함께 살아내는 사이, 우리 가족이 된 꽃들이 온 힘을 다해 5월의 정원에서 생명을 노래하고 있다. 머지않아 화단은 또 다른 모습의 꽃들에게 자리를 물려주겠지만, 그래서 더 열심히 오늘을 피워내는 것이리라.

다정하고 아름다운 나의 이웃들

아파트에선 아침이면 샐러리맨과 학생들이 출근하느라 여기저기서 종종걸음으로 부산을 떤다. 그러다가 러시아워가 지나면 마지막 출근 팀인 꼬마 어린이들이 엄마들의 손을 잡고 나와 아파트 앞에서 재잘거리며 통원 버스를 기다린다. 아이들이 엄마들의 전송을 받으며 통원 버스에 오르고 나면 아파트는 고요한 정적에 쌓이며 평화로워진다. 우리 아파트에서 내려다본 평일 아파트의 아침 풍경이다. 나는 은퇴하기 전까지는 이런 아파트의 아침 풍경을 몰랐다.

아파트에 평화가 찾아온 이 시각이면 우리 부부는 슬그머니 아파트를 나선다. 세컨하우스로 향하기 위해서다. 승용차로 20분 남짓이면 세컨하우스에 도착한다. 주차장에 차를 대고 차에서 내리자 화단을 가꾸느라 마당에 나와 계시던 앞집 아저씨가 반갑게 인사를 건넨다.

"출근하는 거예요? 하하하."

“아… 네. 출근? 하하, 맞네요. 출근했어요.”

“밤새 바람이 세게 불었나 봐요. 나뭇잎이 많이 떨어졌네요.”

“그러게요. 태풍이 온대서 걱정을 많이 했는데, 이만하니 다행입니다.”

매일 아침이면 시내 아파트에서 이곳으로 와 텃밭도 가꾸고, 화단도 돌보면서 하루를 소일하다가 저녁 즈음이면 집으로 돌아가는 우리들의 일상을 보시고 앞집 아저씨께서는 우리가 마치 근무처에 출퇴근하는 모습처럼 느끼신 모양이다. 사실 우리 부부도 은퇴한 이후로 매일 하루를 시작하며 세컨하우스를 찾는 일이 꼭 그런 느낌이라고 말하곤 했었다.

나이가 지긋하신 앞집 부부는 이 동네에 택지가 처음 조성되었을 때 맨 먼저 집을 지어 사셨다고 한다. 부부가 매우 부지런하시어 평소 열심히 다듬고 잘 관리한 때문인지 예쁜 주택이 ‘전국 아름다운

주택'에 선정될 정도로 잘 가꾸어졌기에 항상 지나는 이들의 시선을 사로잡곤 한다. 부인께서는 화단 꽃 가꾸기에 관심이 많고, 또한 그림 그리기를 좋아하는 분이기도 하다. 언젠가는 우리 집에서 바라다본 마을풍경을 스케치하여 우리에게 선물로 전해주시기도 했고, 가끔은 군고구마며 삶은 옥수수 등 먹을거리를 들고 오시기도 하는 마음씨 좋은 이웃이다.

앞집 부부와 울타리 너머로 인사를 마치자마자 아내는 집으로 들어서지도 않고 밤새 강한 바람에 꽃들이 다치지 않았는지 살펴봐야겠다며 화단으로 향한다. 앞장선 아내를 따라 나도 화단의 꽃들과 인사를 하며 정원 순례가 시작된다.

키 큰 수국이 많이 흔들려 아래로 허리를 굽혔을 뿐 다행히 별다른 바람 피해는 없는 듯하다. 화단에 납작 엎드리고 피어 있는 작은 원평소국은 밝은 얼굴로 어제 그대로 환하게 맞아준다. 데크 기둥을 타고 오르는 인동덩굴꽃도 바람에 다치지 않고 여전히 기둥에 달라붙어 분홍빛 꽃 수술을 하늘거린다. 공작이 꼬리를 펼치듯 활짝 벌려 화려한 자태를 뽐내며 피어난 가우라꽃은 바람을 맞고는 제 몸을 가누지 못하고 한쪽으로 기우뚱하게 넘어지려 한다. 다시 일으켜 세우고 끈으로 묶어 지주대를 꽂아 고정시켜 주었다.

화단을 지나 주택 옆에 그늘진 터에는 여러 꽃 가지를 삽목하여 재배하는 화분과 씨앗을 뿌려 발아시키며 새싹이 돋게 하는 화분들이 있는 곳이다. 그곳으로 화분들을 살피러 가는데, 나무 울타리로 된 담장 너머에서 마당을 쓸던 이웃집 아주머니의 인사 소리가 들린다.

"어머, 오셨어요?"

"네. 안녕하세요?"

"오늘 텃밭에 무를 파종할까 해요. 빠를까요?"

"괜찮을 거예요. 우리도 준비하려구요."

옆집의 이 젊은 부인은 성격이 활달하여 마주할 때마다 밝은 미소와 톡톡 튀는 말투로 긍정 에너지가 넘친다. 누구에게나 친절하고 자상하여 이웃들과도 잘 어울리는 친화력이 매우 좋은 분이시다. 특히 우리 세컨하우스가 비어 있는 날이면 예고 없이 드나드는 방문객도 살피고 관리해주시기도 하는 고마운 이웃이다.

모퉁이를 돌아 뒤편 텃밭으로 가는데, 담장 너머 뒷집의 데크에 아주머니가 나와 앉아 계신다. 어디선가 노랫소리가 은은하게 흘러나온다. 요즘 유행하는 트로트에 심취해 휴대폰으로 노래를 자주 들으시는 걸 알고 있는 우리가 먼저 인사를 드렸다.

"안녕하세요? 잘 주무셨어요?"

"아, 왔어? 그 집 배추가 많이 자랐네? 재주꾼여어."

"그래요? 제가 농사에 소질이 있나 봐요. 헤헤."

아내는 뒷집 아주머니의 인사말에 너스레를 떤다.

텃밭에는 며칠 전에 심은 배추가 벌써 넓적하게 얼굴을 벌리고 토실토실하게 잘 자랐다. 열무 또한 손톱만 하게 돋아나던 새싹들이 파릇파릇하여 밭 전체가 파랗게 물들었다. 여름내 우리 집 식탁에 공급되었던 고추와 가지는 끝물이어서 곧 걷어내야 할 것 같고, 대롱대롱 오이를 달고 있는 오이 줄기는 옆 울타리 위까지 타고 오르는 중이다. 쪽파는 장마철을 지나 귀퉁이에서 파란 싹이 서너 개씩 얼굴을 내밀더니 이제는 여기저기서 경주하듯이 쑥쑥 잘도 자란다.

풍성해진 채소와 달리 유실수들에선 초보 농사꾼의 티를 여실히 드러내고 말았다. 아치를 타고 자라도록 심었던 머루와 포도는 거름이 부족한지 상태가 영 심상치 않다. 이파리마저 누렇게 변하는 것이 살균제를 한번 뿌려줘야 할 성싶다. 석류나무와 감나무는 여러 개의 열매를 맺었으나 제대로 익지 못하고 다 떨어져 버렸다. 관리 소홀인 모양이다.

또한 앞집 건너편에 사는 부부는 정원 손질을 즐겨 하며, 문밖에 철 따라 예쁘게 핀 꽃들을 번갈아 가며 장식하여 보는 이들을 즐겁게 하는 배려심이 깊은 분들이다. 게다가 부인은 제빵 솜씨가 좋아 틈나는 대로 빵을 구워 이웃에 나누면서 베푸는 일을 즐겨 하는 등 정이 많은 분이기도 하다.

이렇게 집을 한 바퀴 빙 돌아 다정다감한 이웃들과 따뜻한 인사를 나누면서, 알콩달콩 행복하게 살아가는 그들의 일상에서 생동의 기를 전해 받으며 하루를 시작한다.

정원을 돌며 꽃들과 눈을 다 마주친 뒤에야 우리 부부는 방으로 들어가 아침 커피를 내린다. 에티오피아의 예가체프 커피 향이 방안 가득 진하게 퍼진다. 여유롭고 평온한 마음이 되어 아침 창가에서 바라본 산뜻한 마을 경치가 오늘따라 더 아름답다.

이웃들에게 우리 부부는 어떤 사람으로 기억되고 있을까. 갑자기 궁금해진다. 그들의 좋은 부분들을 모조리 닮은 종합선물 세트 같은 부부로, 그들이 보고 싶고, 만나고 싶어 하는 이웃으로 기억된다면 좋겠다.

커피를 마시자마자 아내는 벌떡 자리에서 일어나 모자를 둘러쓰고 호미를 챙겨 들더니 밖으로 나서며 오늘의 일정을 쏟아낸다.

"오늘은 앞쪽 화단에 풀을 뽑아야겠어요. 홍가시나무 아래엔 잔디를 걷어내야 하고, 상추 뜯어낸 텃밭은 거름 주고 밭을 갈아야 할 거예요."

아내의 얼굴에는 주저리주저리 읊어대는 일거리들이 피하고 싶은 게 아니고 할 수 있어 즐겁다는 듯한 표정이 역력하다. '출근하듯' 매일 찾아오는 이곳이 은퇴 후 공허함을 달래고 마음에 힘을 주는 따뜻한 보금자리 역할을 하고 있음에 틀림없다.

먹고 사는 일만큼 중요한 일은 없으니까

우리 부모님께서는 한동안 시골에서 고추 농사를 지으신 때가 있었다. 재배 가능한 먹거리는 손수 농사를 지어 깨끗한 농산물을 자식들에게 먹이고 싶으셨던 것이다. 그래서 주말이 되어 시골 부모님을 방문하러 갈 때면 으레 고추 수확하는 일을 돕곤 했다. 한여름 뙤약볕 아래 드넓은 고추밭에서 붉은 고추를 골라가며 따내는 일은 여간 고역이 아니었다.

그렇게 수확된 고추는 흔히 말하는 태양초를 만들기 위해 마당에 널고 몇 날 며칠을 햇볕에 말리는 힘든 과정을 거치게 된다. 그게 끝이 아니다. 고추를 빻기 전에 또 한 번의 힘든 작업을 거쳐야 한다. 건조하는 과정에서 먼지와 뒤섞인 고추가 빻아져서 비위생적으로 되는 것을 방지하고 청결한 고춧가루를 먹기 위해 고추에서 먼지를 닦아 내는 작업을 해야 하는 것이다.

건조된 고추를 방안 가득 산더미처럼 쌓아 놓고, 고추 더미에서 고추를 하나씩 집어내 손으로 잡고 젖은 수건으로 몸통을 이리저리 돌려가며 먼지를 닦아 낸다. 닦아 낸 먼지 때문에 더러워진 수건을 수시로 교체해 가며 닦고는 또 다시 마른 수건으로 물기를 닦아 내는 과정을 반복하는 매우 어려운 작업이 오래도록 이어진다.

그러다 고추 재배가 힘들어서 재배를 하지 않으면서부터는 농약 덜한 고추를 사 먹기 위해 봄부터 고추를 재배하는 지인에게 계약재배를 하기도 하는 등 안간힘을 쓰셨다. 하지만 요즘에는 환경 요인인지는 몰라도 원천적으로 무농약 고추 농사를 지을 수 없는 현실이기에 저농약으로 재배된 고추를 용인하고 살 수밖에 없게 되었다.

다만 중국산 고추를 피할 수 있는 것만으로도 다행스럽게 생각하며 고추를 구입해야 하는 지경에 이르렀다. 언젠가 중국산 고추가 건

조되는 과정이 언론에 보도된 적이 있었는데, 장화를 신은 채 고추를 밟고 다니며 쓰레기 취급하듯 다루고, 심지어 방치해둔 고추 더미 속에서 쥐들이 우글거리며 살고 있는 모습의 영상은 보는 사람들을 경악하게 했기 때문이다.

이렇게 만들어진 중국산 고추가 수입되어 값싼 가격으로 유통되고 있으니 누구든 유혹될 수밖에 없고, 따라서 시중에 제조되어 판매되는 고추장, 고춧가루가 그 고추로 만들어지지 않았다고 장담할 수 없게 된 것이다.

운이 좋게도 우리 지역은 고추 농사를 짓는 농가가 많은 지역으로서 고추 가공센터가 마련되어 있어, 농부들이 생산한 고추 작물을 건조하지 않은 채로 바로 사들여 깨끗한 건조과정과 분쇄과정을 거치고 고춧가루로 가공하여 공급하고 있다. 게다가 소비자들에게 청결한 제조 시스템을 직접 공개하면서 믿음직한 고춧가루라고 안심할 수 있도록 신뢰를 주고 있어 얼마나 다행인지 모른다. 우리도 이곳에서 고춧가루를 구입하여 김치도 담그고 고추장도 직접 만들어 먹고 있다.

오늘은 아내가 고추장을 만들겠다고 한다. 준비하는 것도 많다. 좋은 소금, 깨끗한 생수, 믿음직한 고춧가루. 입에 닿는 음식 재료를 위한 위생의 안간힘은 어디까지일지 궁금하기만 하다.

이렇게 선택된 양질의 재료들을 대야에 붓고 주걱으로 젓기 시작한다. 저을수록 붉은빛을 내면서 먹기 좋은 고추장이 만들어진다. 이 고추장은 앞으로 음식을 만들 때마다 필수 양념이 되어 우리 집 음식 맛의 원동력이 되어줄 것이다.

고추장이 다 만들어지고 아내는 한숨을 내쉬면서 토로한다.

"이렇게 만드느라 힘들이지 않고 시중의 고추장을 마음 놓고 사 먹을 수 있으면 참 좋으련만."

이렇게 간절한 염원에도 불구하고 우리는 부득이 먹거리를 위한 어렵고 힘든 과정을 감내해야 한다. 먹고 사는 일만큼 중요한 일은 없는 거니까.

비 내리는 여름 정원에 서서

빗소리가 요란하다. 잠에서 깨어 창문을 열었더니 푸르른 잔디 위로 떨어지는 빗줄기가 강하다. 데크 위는 흠뻑 젖었고, 텃밭은 더 푸르르다. 앞산 봉우리에는 하얀 운무가 산허리를 감싸고 피어오르는 풍경이 한 폭의 수묵화처럼 아름답다.

비 오는 날은 마음이 평화롭다. 풀잎에 부딪는 빗소리 외에 아무런 소리도 들리지 않는 고요하고 평온한 아침은 더욱 그렇다. 이런 날에는 나도 모르게 감상적이 된다. 누군가를 사랑하고, 누군가에게든 사랑을 받고 싶은 마음이 깊은 곳에서 넘쳐나는 것 같다.

지금 이 분위기에 온통 마음을 빼앗긴 걸 보면 어쩌면 밤새 아침을 기다렸는지 모르겠다. 우산을 들고 뜨락으로 나선다. 빗물 머금은 화단의 꽃들에게서 유독 강한 생동감이 느껴진다.

가자니아가 색깔별로 다양한 꽃잎을 열었고, 문빔, 수국, 인동덩굴, 백묘국, 데모르, 비덴스, 패랭이 등도 형형색색 꽃을 피우고 있다. 제라늄도 공작이 암컷을 유혹하느라 꼬리를 활짝 펼치듯이 부채꼴 모양으로 빨간 꽃을 화려하게 피워냈다.

늙은 나무가 고사되고 간신히 남은 뿌리에서 돋아난 장미나무 새순은 대견하게도 한 떨기 붉은색 장미꽃을 달고 빗물에 젖어 고개를 깊숙이 떨구었다. 분홍색 백합은 큰 얼굴 위로 쏟아지는 빗줄기를 속절없이 맞아내고 있으며, 빨간 꽃잎을 달고 있는 키 큰 우단동자는 떨어지는 빗방울에 줄기가 앞뒤로 흔들리며 춤을 춘다.

물을 가득 담고 있는 항아리에서 자라는 부레옥잠이 청초한 모습으로 한 송이 꽃대를 피워 올렸고, 물 위로는 빗방울이 부딪혀 튀면서 고운 음색의 악기 소리를 만들어낸다. 후두둑 후두둑. 꽃을 잔뜩 피운 페츄니아는 제 몸을 가누지 못하고 아예 바닥에 누워 버렸다. 비 그치면 이놈들이 제대로 다시 일어설 수 있을지 모르겠다. 울타리를 두르고 자라는 홍가시 레드로빈 붉은 잎사귀들도 물방울을 가

득 달고 서서 화단을 지키는 경비병마냥 비를 맞고 더 위엄 있어 보인다. 가을을 기다리며 아직 꽃을 피우지 않은 국화 숲은 화단을 뒤덮을 만큼 무성하게 자라 신록의 정원 풍경에 한 몫을 더하고 있다.

텃밭의 고추도 어느새 많이 자라 불어난 몸집이 바로 옆의 고춧대와 자리 경쟁을 해야 할 만큼 풍성해졌다. 벌써 손가락만 한 풋고추를 덕지덕지 달고 있으니 깊어진 계절을 실감한다. 하지가 가까운 6월 중순의 여름엔 농촌이 바쁜 철이다. 마늘도 캐고, 감자도 캔다. 또한 그 옛날 같으면 모내기 끝난 논에 김매기가 한창일 때다.

비 오는 여름날이면 동네 이곳저곳 고샅에 사람들의 움직임이 바빠지곤 했다. 아주머니는 텃밭에 뿌려둔 콩 모종을 뽑아 소쿠리에 담아 머리에 이고 논두렁에 모종을 꽂으려고 들로 나서고, 아저씨는 우의도 걸치지 않고 모시적삼 한 자락에 지게를 메고 논으로 물을 대러 나선다. 할머니는 비를 흠뻑 맞은 채 기다란 고구마밭에서 풀을 매느라 손놀림이 급해진다. 농촌에서는 그만큼 비가 반가운 손님이었다.

흥건하게 물 댄 논에 개구리가 물을 튀기며 뛰어다니고, 심어놓은 모가 어려서 논에 물빛이 더 많은 상태로 조각조각 두렁으로 이어진 시골 들녘의 이른 여름 농촌 풍경이 눈에 아른거린다.

비 오는 날이면 신발을 벗어 던지고 마당으로 뛰어나가 영문도 모르고 따라나선 강아지와 한바탕 쫓고 쫓기는 소동을 벌이다 어디서 나타났는지 빗물 따라 기어가는 지렁이 한 마리를 발견하고는 어디로 가느냐고 물으면서 주지도 않는 대답을 받으려고 끝까지 따라다니며 놀아대던 비 오는 날의 시골집 마당도 그립다. 그 시절에는 그냥 흔한 일상이었으나, 지금은 어디에서도 찾아보기 힘든 옛 장면들이다.

비가 오면 생각나는 사람이 있다. 나는 전투경찰로 군 복무를 대신했다. 김포의 공항경비대에서 근무하다가 성북경찰서의 작은 파출소로 발령을 받았는데, 파출소 앞에는 옷 수선집이 있었다. 우리 의경들은 피복이 하달되면 왼쪽 가슴에 명찰을 새겨야 해서 그 집을 곧잘 찾아가곤 했다. 그 가게의 주인댁 딸이 명문대학인 K대학 수학교육과에 다니고 있었는데, 주인께서는 내게 호감을 갖고 딸을 소개시켜 주며 친하게 지내보라 했다. 그녀는 키가 훤칠하게 컸고, 연예인처럼 예뻤다. 같은 또래인 나와 곧잘 어울렸고, 외출 시엔 함께 데이트도 나가 즐길 만큼 가까워졌다.

그녀는 비를 좋아했다. 비가 내리는 날은 마음이 정화되어 전공인 수학 문제도 더 잘 풀리는 것 같다 했고, 상상의 나래를 펼 수 있어 그날은 마음이 편안해진다고 했다. 비 내리는 날이면 전화 연락을 해와 비가 오는데 무슨 생각을 하느냐며 좋아라 했다.

한번은 외출 날, 포천의 산정호수로 놀러 갔다가 산책길 중간쯤에서 갑자기 비가 내려 둘 다 비를 쫄딱 맞고 말았다. 버스터미널에 도착했는데, 젖은 옷을 입은 채로는 버스를 탈 수 없어 겉옷을 벗어 터미널 난간에 널어 말리며 시간을 보내다 겨우 막차를 타고 서울로 돌아와야 했다.

내가 제대할 때 직접 제작했다는 예쁜 자수 그림을 전해주면서 이별을 많이 아쉬워했던 그녀는 지금 어디에선가 학생들에게 수학을 가르치는 선생님으로 살고 있을 것 같다.

아내가 이 글을 읽게 되면 나는 어찌 될 것인가. 내가 온전할 수 있을는지 모르겠다. 하지만 어쩌랴. 나에게도 이런 치기 어린 젊은 날이 있었던 것을.

신록만큼 싱그러운 초여름 정원.

빗줄기가 웬만큼 잦아들자 새들이 먼저 정원으로 날아든다. 네 마리나 되는 놈들이 푸드득 하고 잔디밭에 앉았다가 날아오르기를 반복하며 먹이를 찾는다. 비 갠 후 한층 더 푸르러진 정원에 풋풋한 하루가 또 열린다.

바깥사람과 안 양반

A: 여보, 밥 됐어요?

B: 암요. 벌써 점심시간이 됐나?

A: 나 씻고 올 테니 상 차리세요.

B: 바깥일은 다 했수?

A: 아니, 아직. 점심 먹고 더 해야 해요.

B: 날도 더운데 수고했어요.

아내는 얼른 욕실로 향하고, 나는 후다닥 주방으로 향한다. 얼핏 봐선 일하다 들어온 사람이 남편인 줄 알겠으나 그는 우리 집의 아내이며, 주방으로 달려가 점심을 차리는 사람은 남편인 나다.

언제부턴가 우리 집 가사의 역할이 바뀌었다. 오랫동안 살림에만 집중하던 아내가 세컨하우스를 마련한 뒤부터는 온통 정원 가꾸기에 정신을 빼앗기고 있다. 때맞추어 직장을 은퇴하고 그간의 여행기를 정리하거나, 사진 작업도 하고, 책을 읽으면서 책상에 앉아 뒤척이는 시간이 많아진 내가 바깥일을 도맡은 아내의 끼니 준비를 전담하는 역할을 하기로 했다.

최근 아내의 머릿속엔 온통 꽃 관리와 화단 정리 정돈뿐이다. 봄이 오기 전부터 날이 풀리기만을 학수고대하다가 성급하게 부지런을 떠느라 일찍부터 꽃을 내다 화단에 심고는 결국 겨우내 관리해 온 꽃 모종을 얼어 죽게 한 대참사를 겪었다. 따라서 아내는 봄이 얼른 오

기만을 기다리며 화단에 대한 애착이 날로 더해만 갔다.

유난히도 기상 이변이 심했던 올여름, 날씨에 민감한 꽃 관리가 최대 난항에 부딪혔다. 유례없이 긴 장마에 싱싱하던 꽃들이 풀이 죽어 가더니 결국은 폭삭 주저앉고 정성을 다한 보람없이 처참히 녹아내렸다. 수많은 이재민을 양산하며 온 나라를 공포에 몰아넣을 만큼 위력이 큰 태풍이 한 달 사이에 세 번이나 찾아왔으니, 넘어지고 꺾이고 뽑혀 나간 꽃나무들 때문에 아내는 종종 아연실색하기도 하면서 정원의 꽃들을 돌보느라 잠시도 쉴 틈이 없다. 이뿐 아니라 뽑아도 뽑아도 없어지지 않는 질긴 생명력의 잡초와도 끝없이 싸우고, 좋은 품종을 번식시키기 위해 삽목도 하고 관리하느라 연일 여념이 없다.

그러니 이토록 바깥일에 심취해 있는 아내를 대신하느라 끼어든 세컨하우스에서의 실내 살림이 슬그머니 내 몫이 되고 만 것이다. 그간 직장에 다니며 가사 일까지 도맡아 평생을 힘겹게 살아온 아내가 늦게나마 집안일을 잊은 채 자신이 하고 싶어 하는 취미생활에 몰두할 수 있다면, 그간의 고단했던 삶에 작으나마 보상이 될 수도 있으려나 하는 마음으로 내가 기꺼이 그 자리를 대신하기로 했다.

따라서 오늘도 우리 집엔 이색 풍경이 펼쳐진다. '바깥양반과 안 사람'이 '바깥사람과 안 양반'으로 역할이 바뀐 채 말이다.

아버지는 왜 벌을 기르셨을까?

나는 벌에 대한 상식을 제법 알고 있다. 훈연기, 채밀기, 소비, 소초광, 분봉, 합봉, 밀봉, 밀개, 탈봉, 내검, 사양, 일벌, 숫벌, 여왕벌 등 양봉 용어들도 많이 알고 있다. 이는 어린 시절 벌을 기르시던 아버지에게서 보고 배운 때문이다.

아버지께서는 젊은 시절에 직장을 다니며 취미로 벌을 기르셨다. 아버지가 그물망 모자를 쓰고 벌통 문을 열어 내검을 하실 때면 어린 나는 무릎 위에 손을 짚어 엉덩이를 빼고 쪼그리고 서서 호기심 어린 눈으로 아버지 어깨 너머로 벌들을 관찰하곤 했다. 그때마다 아버지는 벌에 대해 알려주셨다.

"여기 봐라. 몸집이 큰 이 벌이 여왕벌이야. 벌통 속에는 여왕벌이 한 마리만 있는 거란다. 두 마리가 되면 한 마리가 벌의 일부를 데리고 분봉을 하지. 분봉할 때는 어린 새끼들은 통에 남고 어른 벌들이 나가는 거야. 분봉하여 밖으로 나온 벌들을 집으로 유인할 때는 여왕벌만 데려오면 나머지 벌들은 따라오게 되어 있단다. 이유는 연락병 역할을 하는 벌들이 여왕이 있는 곳을 서로 연락하여 알게 되기 때문이지."

"벌의 세가 약하면 두 통을 합해 한 통으로 만들어야 해. 이를 합봉이라 한단다. 이때 두 통의 벌을 그냥 한 통에 넣으면 서로 싸워 모조리 죽게 돼. 그때는 가운데에 신문지로 칸막이를 하고 구멍을 몇 개 뚫어 주면 벌들이 서로 왕래하면서 친해지고 자기들이 신문지 구멍을 크게 키워가며 소통하다가 결국은 신문지 칸막이를 모조리 갉아 없애버리고 하나가 된단다."

아버지로부터 전해 듣는 벌들의 세계는 알수록 신기하고 재미있었다.

아카시아꽃이 활짝 핀 봄철 주말이면 리어카에 벌통을 싣고 꽃이 많은 곳을 찾아 이동을 하는데, 나는 리어카 뒤를 밀며 따라나서곤 했다. 꿀을 따는 날에는 아버지께서 소비에서 벌을 털어 내게 넘겨주시면, 나는 꿀이 묵직하게 든 소비를 채밀기에 넣고 손잡이를 직접 빙빙 돌려 꿀이 빠져나오는 모습을 신기해하며 바라보곤 했다.

우리 할아버지께서는 99세에 돌아가셨다. 지금이야 100세 넘게 사시는 분들이 많지만, 당시에는 평균 수명이 짧은 때였기 때문에 99세 되던 해에 군민의 날 군에서 수여하는 장수상을 받으시기도 했다. 주변인들로부터 어찌 그리 정정하시느냐는 질문을 받으면 할아버지는 건강한 이유가 아버지께서 채집한 꿀을 복용한 효과일 것이라고 꿀의 약효를 크게 신봉하며 사셨다.

한편 군에서는 아버지께도 부모를 극진하게 모셔서 장수하시도록 했으니 효자상을 수여하겠다고 하자 의당 부모에게 할 일을 했을 뿐 상 받을 만큼 특별한 효도를 한 것이 없다며 수상을 고사하셨다. 그러나 우리가 곁에서 지켜본 아버지는 효자 중 효자셨다. 양봉을 취미로 하신 이유가 할아버지의 건강을 위해 꿀을 마련하려는 깊은 뜻이 있었는지까지는 모르겠으나, 평소에 할아버지를 위하시는 효성은 지극하셨다.

교직자이셨던 아버지께서는 할아버지를 보살피기 위해 집 인근 지역에서만 근무하길 고집하셨으며, 출근할 때마다 할아버지께 문안 인사를 빠트리지 않으셨고, 아무리 늦은 시각

에 퇴근해도 할아버지 방문을 열어보고 이부자리를 걷어 방바닥이 차갑지 않은지를 직접 살펴보고서야 잠자리에 드시곤 했다.

그렇지만 공직자가 근무를 원하는 곳에서만 할 수는 없는 일이어서, 한 번은 집에서 먼 곳으로 발령이 나셨다. 학교는 시골집 뒤에 있는 해발 600m의 산 너머에 위치해 있었는데, 집에서 버스를 두 번이나 갈아타고 한 시간은 가야 하는 거리여서, 운행 버스가 많지 않던 그 당시에는 대부분 현지에서 하숙을 했다. 그런데도 할아버지를 못 잊으시어 하숙을 안 하고 그 높은 산을 걸어 넘어서 2시간이 소요되는 거리로 매일 출퇴근을 하셨다. 당시에 마을 어른들은 한 번 맘 먹고 등산하기도 힘든 산인데 그 높은 산을 매일 출퇴근하느라 두 번씩을 오르내린 사람이 세상에 또 어디 있겠느냐며 아버지의 효심을 입이 닳도록 칭송하곤 했다.

할아버지께서 작고하시자 아버지는 옛날처럼 시묘살이는 못해도 산소에 성묘는 하셔야겠다면서 1년 동안 매일 아침 동트기 전에 산소에 다녀와서 출근하곤 하셨다.

그렇게 지극정성으로 할아버지를 모시는 아버지의 효심을 보고 자란 나는 아버지의 절반만이라도 따라 했으면 효자 소리 듣고도 남았을 텐데…. 생각하면 회한만 가득하다.

가을날 감나무 위에 올라가 감을 딸 정도로 건강하시던 아버지는 만성폐쇄성폐질환으로 병원에 입원하신 지 한 달여 만에 돌아가셨다. 숨을 가쁘게 몰아쉬며 말씀마저 할 수 없을 정도로 위독해지신 날 밤, 메모장에 필사로 유언을 남기셨다.

- 화목하라.
- 시골에 있는 농약은 다 버려라.
- 장례는 가족들과 조용히 치러라.

사용하던 농약으로 행여 자식들이 다칠까 조심스러워 눈을 감으시면서까지 자식들을 염려하시는 자식 사랑의 끝을 보여주셨다.

또한 아버지는 청렴하시기로 소문난 분이셨다. 장학사 시절에 관내 선생님들이 인사차 보내온 '촌지'(그런 관례가 있던 시절이었다)를 장학지도에 가서는 슬그머니 그분의 책상 서랍 속에 몰래 되돌려 놓고 다니는 분이라며 당시 함께 근무한 분들이 말씀하시곤 했다. 그 시절에는 퇴임식 때 지금의 결혼식처럼 축하객들이 축하금을 전해주는 풍습이 있었는데, 아버지께서는 이를 단호히 거절하고 축하금을 받지 않은 정년퇴임식의 관례를 만들어 낸 원조이시기도 하다. 그래서 아버지의 정년퇴임식 날 식장 입구에는 다른 분들이 전해달라는 축하금 봉투를 받아 들고 왔는데 이를 어찌하라는 말이냐고 항의 아닌 항의를 하며 난감해하는 분들로 북새통이었다. 이처럼 남에게 폐가 되는 일은 조금도 하지 않으며 살아온 당신의 신념이 장례를 조용히 치르라시는 유언으로까지 이어진 것이다.

그날 나는 출근하지 않고 위독하신 아버지의 곁을 지켰어야 했다. 밤새 병간호를 마치고, 하루 정도는 괜찮을 거라는 생각으로 내가 근무하는 학교에 주관하고 있던 큰 행사를 대충 정리하고 오겠다며 출근했던 것이 아버지의 임종을 못하게 된 불효가 되고 말았다. 빨리

병원으로 들어오라는 연락을 받고 급히 되돌아왔는데, 이미 눈을 감으신 후였다. 유언도 남기셨고, 말씀도 못 하시니 더 이상 의사소통은 없었겠지만, 이승에서의 마지막 순간에 편안히 눈을 감으시도록 위로도 해드리고 안심시켜 드리지 못한 것이 두고두고 마음에 한이 되어 남았다.

아버지께서는 살아생전 집에서 출퇴근하며 벌을 취미로 기르다가 승진하고 타지로 멀리 발령이 나면서 벌 기르는 일을 접으셨다. 그리고 몇십 년이 지난 지금, 나는 벌을 키워보고 싶었다. 아버지에게서 보고 배운 벌에 대한 상식이 날 유혹했던 것인지는 모르겠다. 우리 집에 벌을 한 통 들여놓았더니 엄마는 혼잣말처럼 중얼거리셨다.

"네 아버지는 퇴직 후에 다시 벌을 기르신다 했었지. 그런데 다시 기르지는 못하고 돌아가셨어."

내가 잘 키울 수 있을까 걱정이 앞섰으나 지금은 하나씩 배워가며 벌과 친해지는 중이다. 벌을 기르면서 이따금씩 내 안에는 아버지가 나타나곤 한다. '아버지께서 이렇게 하셨었구나.' 하면서 아버지를 떠올리게 되니 말이다. 아마 나는 벌을 핑계로 아버지를 만나고 싶었는지도 모르겠다.

지난 일요일, 처음 채밀기를 돌려 꿀을 채집했다. 나는 첫 수확물을 들고 아버지 산소로 내 달렸다.

"아버지, 기르고자 하셨던 벌을 제가 기르게 되었습니다."

열무김치, 황후의 밥상

폭염주의보가 내려졌다. 먼동이 트기 전 꼭두새벽에 세컨하우스로 달려갔다. 폭염으로 한낮에는 바깥 활동이 어렵기 때문이다. 아침 일찍 화단과 텃밭에 급수부터 하고 아침나절에는 더위를 피해 방 안으로 들어와 버렸다.

창밖을 내다보니 성하의 계절인 것이 역력하다. 바람 한 점 없는 정원은 정수리 위쪽을 지나는 태양 때문에 정원수 그늘도 한 뼘만큼밖에 없다. 태양은 뜨겁게 내리쬐고 화단에 찾아와 꽃 위에서 노닐던 꿀벌들도 자취를 감추고, 평소 울타리 옆의 체리나무 가지 위를 제집처럼 드나들던 새들도 오늘은 기척이 없다.

무더위로 바깥일을 하지 못하게 된 아내는 창밖을 내다보며 감옥에 갇힌 사람처럼 힘이 빠져 있다. 아내는 비가 내리는 날이거나 이렇게 무더위가 기승을 부려 화단에 나갈 수 없는 날엔 매우 견디기 힘들어한다. 오히려 휴식의 시간이 되었다고 좋아해야 옳을 텐데 말

이다.

어찌 됐든 이 세컨하우스에서의 노동이 즐거움의 대상이라면 다행스러운 일이 아닐 수 없다. 다시 말해, 아내는 지금의 전원주택 생활을 제대로 즐기고 있는 사람이라고 하기에 충분하다.

먼 친척 중에 여자 조카 하나는 공부도 잘하여 의사가 되었다. 학교에 다니면서부터 자신은 목장 하는 남자에게 시집갈 것이라고 입버릇처럼 말했다. 영화에서 본 낭만적이고 목가적인 목장 생활의 아름다운 풍경을 로망하며 그런 꿈을 꾼 것이다. 그리고는 바라던 대로 목장으로 시집을 갔다. 그런데 현실은 목장 생활이 그렇게 낭만적이지만은 않았을 것이다. 결국 목장을 탈출하여 도시로 돌아오고 결혼 생활마저 어긋나고 말았다.

세컨하우스에서 잘 가꾸어진 아름다운 정원을 바라보며 차나 마시며 음악을 듣고 낭만적인 휴식의 공간으로만 생각하는 사람은 전원생활을 제대로 누리지 못하는 사람이다. 아내는 그렇질 않아 정말 다행이다. 화단 일을 하고 싶어 창밖만 바라보며 한동안 안절부절못하더니 급기야 광주리를 끼고 나선다.

"심심한데 김치나 담가야겠다."

김치 담그는 일이 심심하고 지루한 시간을 때우는 일이라니…. 참, 취미도 다양하다.

나도 따라 텃밭으로 나섰다. 아내는 싱싱하고 푸른 열무가 텃밭을 뒤덮을 정도로 무성하게 자란 열무를 보면서 말한다.

"오늘의 타깃은 열무예요."

"그래? 열무김치, 맛있겠네."

겨울 지나고 대지가 움트기 시작하는 이른 봄에 텃밭을 갈고 제일 먼저 파종한 씨앗이 열무였다. 아침저녁으로 정성을 다해 급수한 물과 적당히 내리쬐는 햇볕, 그리고 친환경 퇴비만을 먹고 자란 완전 유기농 채소다. 열무는 약을 치지 않으면 벌레들의 공격을 피할 길이 없어 유기농법으로는 좀처럼 재배에 성공하기 어려운 채소 중의 하나다. 그런데 이번 열무는 벌레 하나 없이 깨끗하고 풍성하게 잘도 자랐다.

농약 한 번 치지 않은 완전 무공해 열무를 직접 뽑아서 바로 담가 먹는 김치는, 바닷속에서 막 건져 올린 물고기를 손질하여 선상에서 바로 떠먹는 회만큼이나 싱싱하고 맛있는 음식이다. 생각만 해도 입에서는 벌써 군침이 돈다.

아내는 즐거움에 신바람 나는 손놀림으로 열무를 다듬고 손질하여 소금에 절여 두었다가 금세 양념에 버무려서 맛깔나는 열무김치를 만들어 점심상에 내놓았다. 오늘은 무더위로 인하여 뜻하지 않게 여름철 제철 김치인 열무김치를 맛보게 되었다. 양념에 버무려 맛깔스럽게 담은 열무김치 한 가지 반찬만으로도 황후의 밥상이다.

자전거, 너도 내 친구

자전거가 중요한 교통수단이던 때가 있었다. 쌀 가게 앞의 육중한 짐빠리 자전거, 막걸리 통개를 실은 양조장 앞의 자전거, 동네 잘 사는 부잣집 툇마루에 세워진 날렵한 자전거는 우리네 흔한 옛날 풍경이었다.

웬만한 거리는 출퇴근이나 통학 수단으로 자전거가 안성맞춤이었다. 그래서 자전거로 농로를 달려 퇴근하는 면사무소 행정 서기의 모습이나 자전거를 타고 교문을 들어서다 내려서 학생주임의 훈계를 받던 등굣길 교복 입은 학생의 모습은 영화 속 단골로 등장하는 장면이기도 하다.

나도 학창 시절에 비교적 먼 곳에서 자전거로 통학하는 친구의 자전거를 하굣길에 빌려 타면서 자전거를 배웠다. 그때 처음 자전거에 올라 멋모르고 내리막길에 들어섰다가 개울로 곤두박질하여 무릎을 까이고 피가 철철 흘러 놀라고 겁에 질렸던 기억이 아직도 눈

에 선하다.

교직에 부임하여 초년병이던 어느 주말에 50여 명의 학급 아이들을 데리고 시골길을 따라 하루 동안 3개 면에 걸쳐 100여km나 되는 거리를 자전거로 달렸다. 교통량이 적었던 시절이었기에 가능한 일이었지만, 50여 대의 자전거 부대가 줄지어 도로를 달리는 모습은 그야말로 장관이었다. 하지만 참으로 위험천만하고 용감했던 사제동행 자전거 여행이었다.

오래전 유럽을 여행할 때 자전거만 다니도록 만들어진 자전거 전용도로를 신나게 달리는 4명의 가족 자전거 라이더들을 보면서 많이도 부러워했던 적이 있었다. 그때는 우리나라엔 '자전거도로'라는 말조차 생소하던 시절이었으니까 말이다.

자전거가 몸을 단련시키고 건강을 위해 신체활동을 도와주는 운동 수단으로 각광을 받게 되면서, 우리나라에도 잘 갖추어진 자전거 도로가 전국 방방곡곡에 실핏줄처럼 뻗어 있고, 주말이면 운동선수마냥 복장을 잘 갖추어 입고 자전거로 심신을 단련시키는 자전거 동호인들이 많아졌다.

나도 은퇴하면서 레저용 자전거를 한 대 구입했다. 새롭게 친구가 하나 더 생긴 것이다. 틈나는 대로 자전거를 타고 동네 어귀를 벗어나 가까운 곳으로 라이딩을 즐기며 몸에 익숙해지도록 연습을 했다. 봄꽃들이 화려하게 피어난 시골길을 따라 시원한 바람을 가르며 달리는 자전거 라이딩은 은퇴 이후의 또 하나의 즐거움이 되었다.

오늘은 이른 아침에 자전거를 타고 집을 나서 인근 국도를 따라 달려 보았다. 잠에서 깨어나는 시골의 아침 풍경이 새삼 생경하다. 들녘에선 부지런한 농부 부부가 풀을 매느라 바쁘고, 산허리를 감싸고 오르는 조용한 운무의 춤사위는 그림처럼 아름답다. 가로수에는 이슬 먹은 연초록 나뭇잎들이 매달려 반짝이고 아침을 깨우느라 쉴 새 없이 지저귀는 새들의 울음소리는 청아하고 싱그럽다. 코끝에 스치는 코로나 걱정 없는 맑은 공기와 살갗에 부딪는 시원한 아침 바람은 그 어느 것에도 견줄 바 없는 귀한 선물이다.

세컨하우스에서 잠을 자고 아침으로 주변의 한적한 도로에서 자전거 라이딩을 즐기다가 새로운 운동법이 생각이 났다. 굳이 다른 곳으로 운동을 나갈 것이 아니라 자전거를 타고 시내 아파트로 가서 어차피 먹어야 할 아침을 먹고 다시 돌아온다면 운동도 되고 식사도 해결하는 좋은 방법이 아니겠는가 하는.

세컨하우스를 나서면 바로 천변 고수부지 자전거 길이 시내 아파트에 이르기까지 잘 조성되어 있다. 환상적인 라이딩 코스다. 편도 10km. 왕복하면 자전거 운동으로 멀지도 않고, 너무 가깝지도 않은 최적의 거리다. 또한 도로가 천변이어서 냇가에서 자라고 있는 새순 돋은 연두색 나무들이 열차 속 차창에서 보는 것처럼 장면을 바꾸어 가며 스쳐 지나가는 모습은 어디까지라도 달릴 수 있을 것 같은 힘의 원천이 된다.

계속 달려서 시내 쪽으로 가면 자전거 길은 운동하는 사람들로 북적인다. 걷는 사람, 뛰는 사람, 애완견 산책시키는 사람, 자전거로 달리는 사람 등 북새통이다. 서로 부딪힐까 조심해서 지나야 할 만큼 산책로가 북적인다.

104세에 이르고도 아직 건강한 유명한 철학자, 김형석 교수는 '일을 하려면 건강해야 하고, 건강하기 위해서는 몸을 계속 움직여야 한다.'고 했다. 다시 말해 운동 그 자체가 목적이 아닌 생활 속 운동이 최고의 운동이라는 교훈이다.

시간에 쫓기는 서두름도 없고 기록에 목매지 않으면서 의무적으로 해내야 하는 강박 부담도 없고, 계절의 변화에 따라 시시각각 다른 모습으로 채색되는 자연의 아름다움에 반하는 아침 라이딩이야말로 나의 하루를 산뜻하게 열어주는 최고의 선물이 아닌가 생각해본다.

그래. 그러고 보니 자전거, 바로 너도 은퇴한 나를 기다린 친구였구나.

저 푸른 초원 위에 그림 같은 집을 짓고

유럽은 국경을 넘는 일이 아주 자연스럽다. 지금이야 EU라는 공동체를 이루어 살고 있지만, 그전에도 유럽에선 국경을 넘는 일이 특별하지 않았다. 전 유럽국가에 기차가 연결되어 있어 한 나라를 여행하듯이 자연스럽게 국경을 넘어 다닐 수 있기 때문이다. 삼면이 바다요, 북으로는 철조망에 가로막혀 사면초가로 갇힌 우리나라에서는 국경을 넘고 다른 나라로 가는 것이 특별하게 인식돼 살아왔기에 유럽의 그런 이동이 오히려 낯설게 느껴지는 것이다.

오래전 기차를 타고 유럽을 여행 중이었다. 들녘에 푸른 포도밭이 끝없이 이어진 이탈리아를 지나다 창밖으로 갑자기 온 동네가 푸른 잔디로 가득 찬 색다른 풍경을 만났다. 넓고 푸른 초원 위에 지붕이 뾰족한 유럽식 목조 건물이 드문드문 자리한, 달력에서나 보던 그림 같은 풍경이 나타난 것이다. 탄성을 지르며 아름다운 경치의 매력에 푹 빠지다 알게 된 건 이 나라가 스위스라는 것이었다. 스마트폰이

없던 시대였으니 기차가 역에 서야만 어느 지역인 줄을 알던 때였다.

스위스의 경치는 눈을 뗄 수 없을 만큼 아름다웠다. 더욱 놀란 건 농경지가 많은 이탈리아의 경치와 스위스의 경치가 눈으로 구분될 만큼 확연히 다른 것이었다. 스위스는 잘 가꾸어진 푸른 잔디가 배경이 되어 그렇게 차이 나는 풍경을 만들어 주었다.

오스트리아도 스위스 못지않게 아름답다. 오스트리아의 인스부르크에선 일부러 걸어서 시골 마을로 들어가 보았다. 마을 뒷산에까지 올라 마을을 내려다봤다. 온통 푸르른 초원 위에 예쁘게 지어진 집들이 군데군데 들어선 마을풍경은 마치 영화 속에서 본 장면처럼 환상적이었다.

자세히 살펴보니 주민들은 집이건 마을이건 여기저기서 잔디 깎는 일에 여념이 없었다. 집 안에서 작은 기계를 밀고 다니며 잔디를 깎는 할머니, 마을 어귀에서 큰 기계를 밀면서 깎는 할아버지, 멜빵 청

바지 차림의 전형적인 유럽의 농부 복장을 한 젊은 아저씨는 아예 커다란 트랙터를 몰고 뒷산 높은 곳까지 올라 잔디를 깎았다. 마을 어딜 가나 잔디 깎는 소리가 끊이질 않았다.

그제야 알게 되었다. 아름다운 경치는 거저 주어지는 것이 아니라 이처럼 가꾸며 고생하는 사람들 덕분이라는 것을. 아름다운 경치를 누리기 위해서 힘들여 관리해야 한다는 사실을 모르고 유럽 사람들은 경치가 아름다운 나라에 태어나 복도 많은 사람들이라고 괜한 질투를 하곤 했다. 상대적으로 우리나라는 왜 이렇게 좋은 환경이 아닌가 하고 그들을 부러워만 했다. 그러나 사실 우리나라는 예로부터 그럴 수밖에 없는 현실에 처해 살았다.

우리나라는 어려운 시절 농경사회를 거치며 마당이 농사 일을 하는 터전이었다. 홀태질, 탈곡질이며, 콩도 까고, 깨도 털고, 고추도 널고, 베도 짜는 등 마당이 늘 생활 속에서 여러모로 쓰여야 했기에 이쁘게 가꾸고 살 겨를이 없었던 것이다. 그래서 비가 오면 질퍽거리고, 눈이 오면 쓸어내야만 했으니 우리네 마당은 늘 휑할 수밖에 없

었고, 들판은 농경지가 적은 탓에 초원으로 가꾸기보단 틈만 보이면 씨앗을 뿌려 곡식을 생산하며 살아야 했다.

그랬기에 해외여행 중에 차창 밖으로 잘 가꾸어진 시골 전경을 보면서, 외국은 어딜 가나 집들이 저렇게 이쁘게 잘 지어졌는데, 왜 우리나라는 시골 마을에 집들이 볼품이 없는 것일까 하고 항상 아쉬워했었다. 이제는 우리나라에도 시골 어디든 멋을 잔뜩 부린 예쁜 집들이 가득하다. 오히려 볼품없던 옛날의 허름한 집들을 찾아보기가 어려울 정도로 시골 풍경이 완전히 바뀌었다.

자세히 들여다보면 마당에 잔디를 깔아 '저 푸른 초원 위에 그림 같은 집을 짓고' 사는 사람들이 아주 많아졌다. 우리 마을에도 마당에 잔디를 깔고 예쁘게 가꾸는 집들이 태반이다. 따라서 주말이면 마을에 잔디 깎는 기계 소리가 요란하다.

우리 마당에도 잔디를 깔았다. 그런데 잔디를 손보는 일이 만만치 않다. 틈나는 대로 잔디를 뚫고 기어 나오는 잡초를 뽑아 줘야 하고, 일 년이면 네댓 번은 깎아 줘야 한다. 그뿐 아니라 혹서에는 햇볕에 타지 않도록 스프링클러로 물도 뿌려줘야 한다.

그렇게 관리하느라 고생은 돼도 잔디 깔린 마당은 좋은 점이 많다. 뜨거운 여름에는 지열을 막아 주고, 비가 와도 질퍽거리지 않는다. 겨울을 제외하곤 항상 풋풋한 싱그러움으로 운치 있는 분위기도 제공해 준다.

긴 장마 끝에 모처럼 하늘이 맑게 갠 오늘, 우리 집 마당에 며칠 사이에 쑥국새 머리처럼 더부룩하게 키가 자라버린 잔디를 깎았다.

찬물로 샤워하는 이 맛을 알아?

잔디를 깎는 작업을 마쳤다. 무더위 때문에 온몸이 땀으로 흠뻑 젖었고 얼굴에는 구슬땀이 줄줄 흐른다. 찬물로 샤워를 하기 위해 욕실로 내달린다. 아내는 욕실로 들어가는 나를 향해 한마디 건넨다.

"온수 켜고 하세요. 기름값 아끼지 말고."

욕실로 들어간 나는 차가운 물을 틀어 놓고 샤워기 아래에 몸을 맡긴다. 비 오듯 흐르는 땀이 싹 가시고 그렇게 시원할 수가 없다. 세상천지에 부러울 것이 하나도 없는 순간이다.

'기름값 아끼지 말라고? 일 끝내고 찬물로 샤워하는 이 맛을 당신이 알기나 해?'

혼잣말을 하면서 슬며시 미소를 짓는다. 아내가 모르는 찬물 샤워의 상쾌한 맛을 나 혼자 몰래 즐긴다 생각하니 또 다른 쾌감이 덤으로 다가온다.

힘든 노동을 끝내고, 또는 격한 자전거 운동을 마치고 땀에 젖은

몸을 식히는 찬물 샤워는 마치 이 순간을 위해 일하고, 이 순간을 위해 운동했던 것마냥 짜릿한 시원함에 세상사 다 잊고 무아지경에 푹 빠지게 된다.

으흐, 으흐. 어 시원해.

어릴 적에 무더위가 한창인 한여름이면 시골집 우물가에서 종종 등목을 했다. 하루 일과를 다 마치고 마당 한켠에 마당을 쓸어 모은 건조한 풀섶을 태워 모깃불을 피워 놓은 저녁 무렵, 우물가에서는 머스마들이 모여 등목을 하느라 시끌벅적 아수라장이 되곤 했다.

"앗 차가워!"

"어흐, 시원해!"

형제들이 돌아가며 윗옷을 훌러덩 벗어 던지고 바닥에 엎드리면 우물에서 길어 올린 두레박 찬물을 등 위에 쏟아부어 주는 것이다. 한여름 태양 볕에 시달려 땀 범벅이 된 등 위에 우물 속 차가운 물이 와락 쏟아 부어지면 얼마나 시원한지는 해본 사람만이 안다. 지금 샤워장에서 찬물을 뒤집어쓰면서 마치 어릴 적 등목했을 때의 그 기분을 느낀다.

'당신이 이 맛을 어찌 알겠소.'

나는 사진의 '사'자도 싫어요

텃밭에는 초봄에 심었던 고수나물이 자라고 있다. 그간 채집하여 식용으로 잘 사용해 왔으나, 이제는 늙어서 꽃이 피고 식용으로서의 기능을 상실한 채 머지않아 씨앗을 채집해야 할 판이다.

큰 키에 하얀 꽃을 가득 달고 하늘거리며 서 있는 고수나물. 이 꽃들에게 벌들이 모여들었다. 벌들은 어디서 모았는지 양발에 노란 화분을 가득 달고 다니며 꽃 수술에 길게 침을 꽂아 넣고는 꿀을 빨아들인다. 벌들은 이 꽃잎에서 저 꽃잎으로 빠르게 옮겨 다니며 꿀을 채집하느라 부산하다.

이놈들을 사진에 담아봐야겠다 싶어 한가한 나는 망원 렌즈를 끼운 카메라를 메고 텃밭으로 나와 벌들이 노니는 고수나물 밭에 쭈그리고 앉았다. 그런데 벌들은 초점을 맞출 겨를을 주지 않고 바삐 움직인다. 한 곳에 가만 멈추어 있질 않고 쏜살같이 움직이는 벌들을 따라 카메라도 정신없이 움직이며 렌즈를 들이댄다. 이놈들과 쫓고

쫓기는 추격전을 벌이면서 텃밭에서는 괜히 탄식과 희열이 교차한다. 또한 소리 없이 벌들과의 대화도 이루어진다.

'이놈들아, 가만 좀 있으면 안 되겠니?'

'이보세요. 저도 지금이 한철이랍니다.'

내가 자랄 때는 카메라가 보통 귀중품이 아니었다. 지금의 자동차만큼은 아니라도 그에 준하는 정도의 귀중한 재산목록 품목이었다. 그 시절엔 거의 그랬듯이, 그렇게 귀한 카메라를 가진 사람이 드물었으니 사진을 찍어주는 사람이 없어 나는 백일이고 돌이고 기념사진 한 장이 없다. 어쩌다 누나의 초등학교 졸업식장에 따라가 누나가 찍게 된 담임 선생님과의 사진 속에 마침 그 학교에 근무하고 계시던 아버지께서 나오시어 정원석에 앉으셔서 자상한 모습으로 나를 무륜 사이에 세우고 같이 찍어주신 사진 한 장이 유일하게 남아 있는 내 어린 시절의 모습일 뿐이다.

사진에 대한 아쉬움과 관심 때문인지 성인이 되고 결혼 후 제일 먼저 카메라를 구입하게 되었다. 물론 조그마한 콤팩트 카메라였는데, 셔터를 누르면 필름이 자동으로 감기는 당시로서는 좀 진화된 전동 카메라였다. 그 카메라로 우리 아이들의 성장 과정을 틈틈이 사진에 남겼다. 지금처럼 디지털이 아니어서 사진을 찍는 데는 필름이 필요하던 시절이었음에도 필름을 아끼지 않고 무한정 찍어대는 투혼을 발휘하여 아이들의 성장 과정을 많이도 기록에 남겼다.

그러던 중 어느 날 잘 알고 지내는 선배님 H 씨로부터 제안을 받았다. 같이 사진 활동을 해보면 어떻겠냐는 것이다. 그분의 제안으로 콤팩트가 아닌 정식 카메라를 한 대 구입하여 동아리 활동에 참여하게 되었다. 그리고 그때부터는 물론 기록성 촬영도 게을리하지는 않았지만, 작품을 만들어 내는 사진 찍기에 매료되었고, 정해진 테마도 없이 작품의 요소가 되기만 하면 어디든 전국 방방곡곡으로 출사를 다니기 시작했다.

그간 숱한 공모전에도 응모해서 입상도 많이 하여 사진인으로서의 영예도 얻었고, 분에 넘치는 상금과 상품들이 출사로 고생한 보상이 되어 주기도 했다. 거금의 '가족 해외여행 상품권'이 주어졌던 두 번의 큰 입상은 우리 부부를 지금껏 수많은 해외여행으로 이끌어준 원동력이 되기도 했다.

사진에 미쳐 있었을 때 아무래도 우리 아이들이 주로 사진의 모델이 되기가 일쑤였는데, 어느 여름날 어리디어린 아이들을 데리고 무더위가 심한 논길에서 촬영을 하게 되었다. 포즈 요청이 반복되자 아이들은 금세 싫증을 느끼고 모델을 거부할 즈음, 한 번만 더 해주면 아이스크림을 사주마고 꼬드기며 집요하게 강요해대자 이 모습을 지켜보던 아내가 무더위에 아이들 잡으려느냐고 레이저 눈빛을 날리며 나를 제지하는 바람에 어찌할 바를 모르고 난감했던 적도 있었다.

아내는 남편의 사진 취미로 인해 스트레스를 심하게 받은 여인이다. 남편은 주말이면 카메라를 메고 들로 산으로 쏘다녔고, 자신은 혼자 집에서 아이들을 돌보는 독박육아에 내몰려야 했으니 스트레스가 이만저만이 아니었을 것이다. 남편에게 육아의 일부분을 도맡으라는 요청까진 아니어도 주말에 부득이 남편의 손이 필요한 경우가 있는데, 그때조차도 사진에 미쳐 밖으로 나도느라 집을 비우곤 했으니 아내가 어떤 심정이었을지 지금 생각하면 고개를 들 수 없을 정도로 미안하다.

당시에 맞벌이를 하고 있던 우리 부부는 아이들을 돌봐주시도록 나의 할머니, 아이들에게는 증조할머니를 모셔와 함께 살았다. 우리 형제들은 모두 맞벌이 부부였고, 제각각 육아에 어른들의 도움이 필요했기에 나는 할머니에게까지 도움을 요청하게 되었다. 다행히 할머니께서 흔쾌하게 허락하시어 육아를 위해 우리 집으로 모시게 되었다.

우리와 함께 생활하시게 된 할머니는 주중에는 육아에 전념하시다가 주말이면 시골 고향 집에 가고 싶어 하셨다. 우리 집에서 시골까지는 승용차로 멀지 않은 곳이어서 할머니를 토요일에 모셔다드리고 집으로 왔다가 일요일에 다시 가서 모셔오는 일이 반복되었다.

문제는 남편이 없을 때 아내가 이 일을 혼자서 감당해 내야 하는 것이었다. 아이가 셋인데 하필 막내가 갓난아기였을 때였다. 아내는 아이들을 차에 태우고 갓난아이는 할머니 품에 안으시도록 하여 시골로 향한다. 여기까지는 순조로운 일이다. 그런데 할머니를 시골에 내려 드리고 아이들을 차에 태우고 다시 돌아와야 하는데, 아내는 혼자의 몸으로 갓난아이를 어떻게 해서 데리고 차를 운전해 와야 하는지 난감한 지경이 되는 것이다. 별 수 없이 아이를 조수석에 앉히고 한 손으로는 운전대를 잡고 한 손으로는 울어대는 갓난아이를 돌보면서 운전하고 집으로 돌아와야 했다. 그랬으니 돌아오는 길이 얼마나 힘들었을 것이며, 그때마다 집을 비운 남편에 대해 어떤 생각이 들었을지 짐작이 되고도 남는다. 어떤 변명으로도 용서받지 못할 몹쓸 남편이었다.

"나는 사진의 '사'자도 싫고 심지어 'ㅅ'자마저도 싫어요."

지인들에게 이렇게 말할 만큼 사진을 취미로 하는 남편에 진절머리가 났음에도 아이들을 다 키운 지금의 아내는 나의 사진 활동에 적잖이 관대해졌다. 아마도 힘든 시절이긴 했지만, 카메라를 메고 그동안 아이들을 위한 가족사를 꼼꼼히 기록해온 노고라든지, 좋은 작품을 만들었을 때의 감동과 공감 등이 그럭저럭 평가되지 않았을까 짐작해 본다.

▶ '행복사진콘테스트'에서 대상을 수상한 가족사진

오히려 지금은 해외로 함께 여행을 다니면서 나의 사진 활동을 독려하고 적극 지지하기까지 한다. 해외여행을 떠나기 전에는 여행지에서의 '포토 스팟'을 미리 검색하여 알려주며 촬영 욕구를 북돋우는가 하면, 실제 여행지에 도착해서는 내가 좋은 피사체를 만나 카메라를 들이대고 이리 찍고 저리 찍고 렌즈를 바꿔 끼워가며 또 다시 찍고 하는 등 좋은 작품에 대한 욕심이 발동하여 자리를 떠나지 않고 한 곳에서만 계속 작품 활동에 몰입해도 아내는 빨리 가자고 채근하거나 자신의 여행 속도에 방해가 된다고 불평하거나 하는 일 없이 기다려 준다. 오히려 내가 작품 활동하는 데 방해가 될까 봐 한쪽에 조용히 비켜 앉아서 기다려 주는 사려 깊은 아내로 변했다. 그러니 사진을 좋아하는 나로서는 한없이 고마운 동반자가 아닐 수 없다.

어찌 됐든 사진은 내게 영욕의 시간을 함께 제공했다. 아내가 사진때문에 참고 살아온 고단한 시간들이 모두 잊혀질 만큼 사진으로 인해 더 많은 기쁨과 즐거움을 느끼며 살았으면 좋겠다.

수영장에서 하루를 열다

여름은 젊음의 계절이다. 또한 바캉스('휴가'라는 뜻의 프랑스어로 산이나 바다로 떠나 극성스럽게 지내는 레저)를 즐기는 계절이기도 하다. 여름에는 반드시 해수욕장엘 다녀와야만 여름을 즐겼다고 여기는 때가 있었다. 학창 시절 여름방학 일기장에는 반드시 친척 집과 해수욕장에 다녀온 흔적이 있어야 개학하면 교실에서 친구들에게 어깨 좀 펴고 이야기할 수 있는 아이로 여겨지기도 했다.

그렇다. 끝없이 펼쳐진 푸른 바다 해수욕장에서 탁 트인 하늘을 배경으로 비치파라솔 아래에서 수박을 잘라먹고 바다로 뛰어 들어가 밀려오는 파도 속으로 몸을 날리며 노니는 한없이 행복한 풍경이야말로 누구나 꿈을 꾸는 여름의 로망이었던 것이다.

또한 여름이면 누구에게나 친구들과 물놀이하던 추억이 하나씩은 있을 것이다. 나도 어렸을 적 한여름 뜨거운 햇볕 아래 시골의 작은 도랑에서 발가벗고 목욕했던 추억이 있다. 물론 지금처럼 물놀이 도구라든가 갈아입을 여벌 옷을 챙겨 가던 시대가 아니었으니 무작정 도랑으로 가서 도랑 한쪽에 옷을 벗어놓고 물속에 뛰어들어 물장구를 치고 시간 가는 줄 모르고 놀곤 했다. 그러던 어느 날, 장난꾸러기 친구는 벗어놓은 옷꾸러미를 숨겨두는 장난을 한다는 것이 물가 수풀 속에 숨겼다가 옷이 물속에 통째로 잠겨 다 젖어 버렸다. 젖은 옷을 입고 집에 들어갔다가는 어른들께 된통 혼이 날 것 같아 친구들과 모닥불을 피워 놓고 옷을 말리며 밤이 늦도록 집에 들어가질 못했다.

그날 저녁, 뭐하다 늦게 들어왔느냐고 채근하시는 엄마에게 이실직고했는데, 이 사실을 알게 된 아버지께서 말씀하셨다.

"위험하니 앞으로는 물가에 가지 말거라."

동네 큰 저수지에서 간혹 수영하다 익사 사고가 나곤 하니 매우 조심스럽다고도 덧붙이셨다.

그 이후로 나는 아버지의 말씀을 따르느라 물가엘 가지 않았다. 친구들이 물놀이 갈 때에도 나는 따라나서지 않았고, 그래서 수영을 배

울 기회가 없었다. 어른이 되어서도 수영을 못하니 물을 보면 두려웠고, 언젠가는 수영을 배워야겠다는 생각은 늘 갖고 살았다.

또한 해외여행을 다니면서 누구나 한 번쯤은 가보고 싶어 하는 발리, 칸쿤, 몰디브와 같은 세계 최고라는 꿈의 휴양지들을 두루 들를 수 있었다. 살면서 한 곳에 가보기도 힘든 내로라하는 휴양지를 여러 곳이나 가볼 수 있었으니 행운이 아닐 수 없다. 그러나 휴양지의 그 아름다운 해변이 수영을 못하는 내게는 그림의 떡일 수밖에 없었다.

그때마다 수영을 배우지 못한 아쉬움은 더 깊어졌고, 수영을 배우고 싶은 욕망이 더 간절해졌다. 그래서 수영에 도전했다. 아내 또한 휴양지 여행 때마다 같은 마음이었다며 수영 입문에 앞장섰다. 나는 바쁜 일상으로 새벽 시간을 이용했고, 얼마나 열심히 배웠던지 몸무게가 5kg이나 줄어들어 보는 사람들로 하여금 너무 야위었다고 걱정하게 하는 지경에까지 이르렀다.

그렇게 수영과 친해져 이제는 수영을 가지 않은 날은 뭔가 해야 할 일을 빠뜨린 듯 허전하고 몸이 찌뿌둥하니 개운치가 않을 만큼 가까워졌다. 아침에 눈을 뜨면 수영장부터 가면서 하루를 깨운다. 수영은 비가 오나 눈이 오나 날씨에 방해받지 않고 할 수 있는 전천후 운동이어서 좋다. 또한 전신 유산소성 운동으로서 전신지구력을 향상시키는 데 효과적이며, 혈관, 혈액 등의 순환 기능을 증진시켜 산소 섭취 능력을 높여주는 좋은 운동이다. 게다가 누구나 상대가 없이 자유롭게 할 수 있는 운동이며, 특별한 기구 없이도 혼자서 즐길 수 있어 좋다. 그뿐 아니라 새벽에 눈을 뜨자마자 달려간 수영장에선 하루를 일찍부터 시작하는 부지런한 수영 애호가들에게서 건강미가 철철 넘쳐흐르는 생기발랄한 기운을 전해 받을 수 있어 좋다.

이제는 수영이 아내와 함께 공유하는 동반 운동 종목이 되었으며, 은퇴 후 같은 취미로 시간을 보내는 효자 레저가 되었다. 부부가 같이 수영을 배운 뒤부터는 우리들의 해외여행지 판도마저 바꾸어 놓았다. 수영을 배운 후에는 해양레저스포츠로 유명하다는 바다 주변을 속속들이 찾아 나섰다.

태고의 아름다움이 매혹적인 천혜의 비경을 간직한 태국의 푸켓,

피피섬, 끄라비가 있는 인도양의 안다만 바다와 유리알처럼 투명한 에메랄드빛 바다에 수천 개의 섬으로 이루어진 나라, 필리핀 해협, 그리고 바닷속 산호들의 판타지 세상에서 상어 떼들과 어울려 헤엄칠 수 있는 남태평양의 보고, 팔라우공화국까지 쫓아다녔다. 바닥에 비친 형형색색의 다채로운 산호를 보면서 어지러울 정도로 깊은 바다 속에서 수만 가지 열대어들과 어울려 헤엄치는 짜릿한 바다 체험은 그야말로 수영이 가져다준 눈부신 꿈의 향연이 아닐 수 없다. 그러나 아직 더 찾아가야 할 미지의 바닷속 세상은 많고도 많다.

한때는 더 깊숙한 바닷속 세상을 살펴보고 싶어 스킨스쿠버에 도전하기도 했었다. 부부가 함께 스킨스쿠버 강습소에 등록하여 강습도 받았고, 깊이 5m 연습장에서 공기통을 메고 실전 연습까지 마쳤다. 그런데 수경이 안면과 접착이 부진하여 아무리 바꿔 착용해도 물이 스며드는 이상 현상이 지속되어 결국 더 깊은 바닷속 탐험에 대한 기대를 잃고 스킨스쿠버의 꿈을 접어야 했다. 바닷속에서 실전 연습만 마치면 자격증까지 받을 수 있었는데 말이다.

어찌 됐든 내게 수영은 은퇴 이후 없어서는 안 될 필수 운동이 되었다. 눈을 뜨자마자 스트레칭을 마치고 수영장으로 달려가 물고기처럼 첨벙대는 부지런한 수영 애호가들을 만나는 일은 우리 부부의 일상이 되었다.

이야기, 정원에 스미다

세컨하우스 정원에는 분양받아온 식물들이 꽤 많다. 돈 주고 사 온 꽃들도 예쁘게 한몫하고 있으니, 우리의 사랑이 소홀한 건 아니나 분양받아온 꽃들엔 각별히 애정이 더 가는 건 사실이다. 꽃뿐 아니라 정원수들도 그렇다. 하나하나 이야기를 품고 자라는 꽃과 나무들이 우리의 관심을 더 풍요롭게 한다.

화단 한켠에는 삼색병꽃이 새롭게 가지를 뻗으며 잘 자라고 있다. 시골 화단에서 고목이 되어 생기를 잃고 쓰러져 가는 걸 밑동이 속에서 갓 자라난 새순을 솎아내어 화분에서 잘 관리하고는 소생시켰다. 그리고는 한 뿌리를 우리 집으로 가져온 것이다. 이 나무는 돌아가신 아버지께서 심으셨는데, 봄이면 세 가지 색깔의 예쁜 꽃이 활짝 피는 이 나무를 아버지께서는 무척 좋아하셨다. 그랬던 나무가 여기 세컨하우스 화단에까지 분양되어 올 수 있어 다행이 아닐 수 없다. 봄이면 나는 이 꽃을 바라보며 아버지를 떠올린다.

몇 년 전에는 친구들과 안면도의 꽃지 해변으로 놀러 갔는데, 숙박했던 펜션의 마당에 우단동자가 화려하게 피어 있었다. 예뻐라! 를 연발하던 우리가 펜션을 떠나던 날, 주인 할머니는 삽을 들고 오시더니 꽃을 한 삽씩 뚝뚝 떠다가 차에 실어 주셨다. 그 꽃이 시골 고향집 화단에서 무성하게 잘 자라다 지난봄에 다시 이곳으로 분양을 왔다. 우단동자가 피면 노을이 붉게 물든 꽃지 해변의 펜션 마당에서 옛 추억을 더듬으며 수다로 시간 가는 줄 모르고 즐겁게 놀던 친구들이 새록새록 떠오른다.

입구 쪽 화단에선 초등학교 친구 J가 방문하여 나무의 향기가 온 정원을 취하게 할 거라며 분양해준 미선나무가 잘 자라고 있으며, 좀처럼 발아가 어렵다는 프리지아락사를 씨앗으로 건네주어 파종하고는 한 달이 넘도록 애지중지 돌보며 지켜본 끝에 겨우 싹을 틔웠다. 그 화단에 서면 개그 끼가 넘치는 친구의 재치 있는 입담이 그리워진다.

또 한편에는 아내의 죽마고우 S씨가 분양해준 라일락 꽃나무가 자란다. 대학 시절 라일락 꽃향기 흩날리던 교정에서 아내와 만났던 그 시절의 꽃향기여서 이 나무는 더욱 사랑스럽다. 아내의 친구는 우리에게 추억을 불러내 주려는 깊은 뜻을 담고 이 나무를 선물했는지도 모르겠다.

대학 친구 중에는 꽃나무 관리를 전문가처럼 잘 해내는 친구 W가 있다. 그 친구는 수형이 예쁘게 잘 자란 재스민 꽃나무를 기르다가 내게 선물해 주었다. 이 나무는 봄철에 화려하게 꽃을 피워 그 은은

한 향기가 코끝을 진하게 자극하는가 하면, 늦여름에 다시 한 번 꽃을 피우며 자태를 뽐내곤 한다. 그때마다 재스민꽃의 매혹적인 향기는 그 친구 녀석을 내 기억 속에서 불러내곤 한다.

화단 곳곳에는 보랏빛의 청초한 꽃잎을 수북이 피우고 아침 햇살을 제일 먼저 받으며 이슬 머금은 꽃잎이 반짝반짝 빛나는 보석 같은 로벨리아가 자라고 있다. 이 로벨리아가 우리 집에 분양 온 사연은 조금 특이하다. 지난여름 냉면 집에 갔다가 입구에서 활짝 핀 로베리아를 발견하고 사장님에게 예쁘다고 칭찬했는데, 알고 보니 그분은 이 꽃 예찬론자였다. 관심을 보이는 내게 꽃 관리 방법을 일사천리로 설명하시고는 한 포기를 나누어 주신 것이다. 이 꽃은 우리 집에 와서 폭풍 성장하고 폭풍 번식하여 화단을 꽉 채우고는, 방문한 지인들마다 분양해 가는 우리 화단 고유의 꽃모종이 되기에 이르렀다.

이 외에도 화단을 둘러보면 우리 집으로 분양돼 온 사연이 다양한 식물들로 가득하다. 이웃집에서 분양 온 빨간 열매를 단 낙상홍나무, 은퇴하기 전 직장 동료 P 씨가 전해준 송엽국과 인동덩굴꽃, 화단 가꾸기에 심취한 친구 아내 M 씨가 전해준 쿠라피아, 커피를 공부하다 만난 사람들끼리 구성된 동아리 회원 중 한 명인 Y 씨가 전해준 산수국나무, 나를 가장 아껴주고 좋아해 주시는 선배 형님 D 씨께서 전해주신 마음의 선물인 장미허브, 그리고 해외여행 중 멀고 먼 나라 리투아니아의 빌뉴스 광장에서 예쁘게 핀 꽃에 반하여 꽃씨를 채취해 와 발아시키고 키운 비덴스까지….

이렇게 우리 집으로 분양돼 온 꽃과 나무들은 각별한 사랑을 받고 자라면서 우리가 화단에 들어설 때마다 발걸음을 멈추게 하고, 꽃이며 나무마다 독특한 사연들을 실타래 풀듯 하나씩 풀어가며 각각의 인연들을 떠올리게 한다. 따라서 이야기를 가득 품은 화단은 늘 포근하고 사랑의 향기가 진하게 진동하여 에너지를 넘치게 한다.

이제 우리 집에서 자란 이 꽃과 나무들은 틈틈이 우리 이웃과 지인들에게 분양되어 나간다. 그놈들은 또 그 집 화단에서 우리들의 이야기를 듬뿍 안고 살아갈 것이다.

콩물을 보내주신 이웃 덕분에

폭염주의보가 내려졌다. 그야말로 땡볕이다. 어느 지역에선 물 폭탄이라며 야단법석인데, 우리 지역엔 아직도 비다운 비가 내리지 않아 물이 그리운 형국이다. 들판엔 논바닥이 말라가고 화단엔 쉬지 않고 급수를 하는데도 꽃들이 시들시들 기운 없는 형상으로 축 늘어져 안타깝기 그지없다.

우리 집 화단에서 장미기린초를 분양해 갔던 이웃 이장님 댁에서 직접 만드셨다며 콩물을 가져오셨다. 덕분에 점심은 이웃의 정이 듬뿍 배인 콩물로 만든 콩국수를 먹게 됐다. 계절 별미인 냉콩국수 한 그릇에 더위를 잠시 잊는다.

"이렇게 집을 아름답게 잘 가꾸어 놓으시고 거주하지 않으시는 거예요?"

세컨하우스에 둥지를 틀고 얼마 되지 않았을 때 어느 날, 이장님 부부가 우리 집을 방문했다.

"아유, 좋게 봐주셔서 고맙습니다. 원래 구입 동기가 세컨하우스였거든요."

우리 부부와는 이렇게 처음으로 인사를 나누게 되었다. 꽃모종이 생겨서 전해주러 오셨다며 '멕시칸데이지'와 '누엘리아' 모종을 가지고 오셨다. 아내는 마침 키워보고 싶은 꽃이었는데 잘 됐다며 고마워 어쩔 줄 몰라 했다.

"들어오세요. 차 한잔하시게요."

그렇게 우리 부부와 차담이 이어졌고, 이런저런 마을 정보도 얻고, 서로에 대해 소개하다 보니 저절로 라포르가 형성되어 갔다.

이장님은 부부가 공직에 계시다 은퇴하여 이 마을로 이사 와서 거주하고 있다 하셨다. 자녀들도 다 출가시키고 홀가분한 여생을 보내는 중이라 하셨고, 현직에 계실 땐 마라톤 동호회 활동도 했다고 하셨다. 나도 한때 마라톤에 중독되어 열심인 적이 있었던 사람으로서 서로가 주로에서 마주쳤을지도 모를 인연이라고 서로 크게 웃었다. 또한 이장님의 처남댁이 내가 은퇴하던 학교에서 같이 근무했던 동료 교사 P 씨라는 사실도 알게 되고는 갑자기 오랫동안 깊은 인연이

있었던 듯 더욱 가깝게 느껴졌다.

사모님께서는 꽃식물에 조예가 깊어서 전원주택을 가꾸며 알아낸 노하우를 많이 전수해주셨고, 아내와는 꽃에 대한 지향점이 비슷해 금방 의기투합이 이루어졌다.

또한 부부가 해외여행을 많이 해왔고, 여행을 즐기는 분들이어서 우리 부부와 공감대가 형성되어 여행 이야기에 시간 가는 줄 몰랐다. 세계 여러 나라로 여행하며 다녔던 곳들이 다 좋았다면서, 특히 크루즈 여행이 가장 기억에 남는 여행이었다고도 말씀하셨다. 이장님은 여행에 필요한 언어의 중요성을 인지하고는 지금도 평생교육원에 영어 회화 과정을 등록하여 언어 공부를 하고 있을 정도로 더 젊은 마인드를 지닌 멋진 분이셨다.

다음날, 아내는 어제 이장 사모님께서 우리 집에 자라고 있는 '세잎꿩의비름'이라는 식물을 좋아하시는 것 같더라며 분양해드리러 같이 가자고 제안했다. 나는 화단에 있는 '세잎꿩의비름' 한 포기를 모종삽으로 떠서 화분에 심어 들고 아내를 따라 이장님 댁으로 향했다.

이장님 댁은 외관부터 깔끔하게 지어졌고, 현관으로 들어서자 마음이 편해지며 안락함을 느끼게 하는 집이었다. 거실은 주방과 일체형으로 꾸며졌는데, 천정에는 앤틱 목재를 이용한 고풍스런 전등 설치가 인상적이었고, 오밀조밀 잘 가꾸어진 마당의 자연경관이 넓은 창을 통해 집 안으로 들어와 밖으로 나가지 않고도 전원의 풍요로움을 즐길 수 있도록 설계된 자연 친화적 주택이었다. 전체적으로 자연과 호흡하며 살아가기에 딱 알맞은 집이었으며, 거실에서 차를 마시고 있으니 조용히 음악이 흐르는 카페에 와 있는 듯 마음이 편안해지고 좋았다.

"손수 설계하셔서 지으신 거예요?"

"이장님은 인테리어에 센스가 있으시네요. 사모님의 감각도 특별하시군요."

"이렇게 사시면 복잡했던 머리도 맑아지고, 마음도 치유되시겠어요."

우리는 폭풍 질문들을 쏟아냈고, 이장님 부부는 과찬이라며 겸연쩍게 웃으셨다. 그렇게 오가며 이장님네와는 꽃으로 만나고, 꽃으로 친해진 특별한 이웃이 되었다.

이장님은 옛날 마을 안내방송 대신에 마을 거주자들에게 문자로 공지사항을 자주 전달하신다. 나는 마을을 위해 애쓰시는 모습에 고마운 마음으로 공지사항에 수신되었다는 뜻으로 답신을 보낸다.

'알겠습니다.' '수고가 많으십니다.'

이에 또 이장님은 답글을 보내주신다.

'고맙습니다.' '건강하십시오.'

에휴, 답글 안 하셔도 되는데. 친절함과 성실함이 몸에 밴 분이시다.

오늘은 이장님에게서 전화가 왔다. 세컨하우스엔 언제 오느냐고 묻는다. 율마가 한 그루 생겨서 전해주고 싶으시단다. 과분한 이웃의 호의에 또 마음이 따뜻해지는 하루를 맞는다.

꽃들에게 아침인사를

세컨하우스에서 하룻밤을 묵고 난 아침, 아내는 커튼을 열고 밖을 내다보더니 얼른 나가 꽃들에게 인사를 하자며 채근한다.

붉은 해가 앞산 위로 솟아오르면 한여름 아침 해는 유독 밝은 빛으로 화단에 드리운다. 막 돋아난 나무들의 연초록 새순이 햇빛을 받아 유리알처럼 투명하게 속을 비추고, 꽃잎 위에 맺힌 이슬방울들이 영롱하게 반짝이며 정원은 동화 속 세상처럼 몽환적 풍경이 된다. 짙은 꽃내음은 코끝을 자극하고, 상큼한 아침 공기가 살랑살랑 시원한 바람을 타고 뺨에 부딪는다.

아침 햇살을 받으며 잠에서 깨어난 꽃들이 이슬을 머금고 환하게 웃으며 인사를 한다. 애기취손이, 프리지아락사, 풍로초, 매발톱, 버베나, 사계소국 등 빼곡하게 화단을 차지한 꽃봉오리들이 먼저 눈맞춤을 하려고 소란스럽다. 잉글리시데이지도 빨간색 꽃잎을 열고 눈웃음을 친다. 개구리알처럼 꽃잎이 총총 맺힌 앙증맞은 알리섬도 활짝 웃는다.

핫립세이지는 가냘픈 꽃대 끝에 예쁜 입술 모양의 붉은 점박이 꽃잎을 달고 바람에 춤추듯이 흔들리며 매혹적인 눈빛으로 유혹한다. 샤스타데이지도 길쭉하게 꽃대를 치켜들고 하얀 꽃잎을 달았다. 루피너스는 이미 한번 꽃을 피우고 벌써 씨앗을 담았다. 휴케라는 손바닥보다 크게 자란 넓적하고 붉은 잎을 자랑하며, 화단을 독차지하고 자태를 뽐낸다. 아내에게 제일 사랑받는 녀석이다.

인동초는 어느새 데크 기둥을 감고 오르며 많은 꽃을 달았다. 붉은빛의 꽃 모양이 마치 아이들이 고사리손을 흔드는 것처럼 보여 재미있다. 내가 은퇴하기 직전에 이 세컨하우스를 마련했었는데, 주말마다 주택의 외관을 꾸미는 중이라는 소식을 전해 들은 같은 학교의 동료 선생님 P 씨가 인동초를 보따리로 가져다주셔서 뿌리를 내린 꽃이다. 그 선생님은 워낙 조신하셔서 다들 '조선시대 여인'이라는 별칭을 붙여줄 만큼 여성스러움이 몸에 밴 분이셨다. 인동초 예쁜 꽃 속에는 그 선생님의 얼굴이 스며 있다.

겨우내 아파트 베란다에서 발육시켜 항아리 화분에 옮겨 심은 로베리아는 보랏빛 꽃잎을 달고 벌써 항아리 전체로 번식하여 제법 풍성해졌다. 작년 여름 양재동 꽃시장에서 처음 만나 우리 집 화단으로 왔는데, 개화 기간도 길어 작년 여름 내내 우리 화단을 빛내주던 놈이다.

지난해 어느 여름날 옆집 아저씨는 울타리 너머로 '자란' 한 포기를 건네주셨다. 그분은 평소 과묵하면서 친절이 몸에 밴 점잖은 분인

데, 꽃보다는 나무를 좋아하신다. 우리 집에서 잘 보이는 담 너머로 수형 잘 잡힌 소나무, 단풍나무, 주목나무, 산수유나무, 매실나무, 그리고 키가 커 하늘을 찌를 듯이 자란 싸이프러스처럼 생긴 향나무 등 많은 나무를 정원 가득 기르신다. 그런데 어느 날, 자란을 선물 받으셨다며 주신 것이다. 이 '자란' 한 포기가 뿌리를 내려 두 촉이나 올라왔고, 길게 자란 줄기 끝에 자줏빛이 선명한 예쁜 꽃을 피웠다. 꽃 모양이 마치 보석처럼 그 자태가 범상치 않으니 보는 이마다 관심을 갖고 이름을 묻기도 하는 귀한 존재다.

데크 앞에는 목수국이 한들거리며 잎을 무성하게 달고 꽃봉오리를 맺었다. 곧 제 몸을 가누지 못할 만큼 큰 꽃을 피우게 될 것 같아 벌써부터 꽃마중할 날을 기대하며 설렌다.

주차장 한켠에는 화이트셀릭스 나무가 자란다. 줄기를 하늘로 향해 뻗고 삼색 잎이 둥근 공처럼 부풀어져 창공에서 바람에 흔들리며 자라는 이 나무는 내가 세컨하우스를 마련하자 소문을 들은 제자들이 동창회를 하면서 선물로 나무를 한그루 심어드리자고 했다며 제자 H가 직접 차에 싣고 와서 심어놓고 갔다. H는 첫 부임 학교에서 우리 반 학생이었는데, 키가 작아 항상 맨 앞자리에 앉았으면서 늘 손을 번쩍 들고 먼저 발표하겠다고 목소리를 높이며 기어코 발표권을 얻어낼 정도로 학교생활에 적극적인 학생이었다.

"선생님, 이 나무를 저희들 보시듯 하면서 키우세요."라며 심어 놓고 갔는데, 나무를 가만 보고 있으면 그 속에 교실에서 재잘거리며 공부하던 그 시절 아이들의 모습이 나무 속에 담겨 있는 듯하다.

단풍나무 아래에 자라는 영랑 시인의 시에서 처음 접한 모란도 얼굴만 하게 탐스러운 꽃을 활짝 열었다. 며칠간의 시차를 두고 붉은 작약도 피어났다. 서로 꽃 모양이 비슷하지만, 모란은 나무고, 작약은 여러해살이풀이라는 차이점도 이놈들 덕분에 알게 됐다.

울타리 그늘 밑에서 수줍은 듯 숨어 자라는 금낭화는 마치 사찰에 매달아 놓은 연등처럼 줄기에 꽃잎을 주렁주렁 달고 피어났다. 꽃잎들이 모두 제대로 가지런하게 피는 것만은 아니다. 간혹 먼저 떨어져 나간 꽃잎으로 사이가 비어 있는 꽃줄기를 보면 이빨 빠진 어린아이의 치아처럼 우습기도 하다.

애기말발돌이는 공작새처럼 화려하게 몸집을 불려 레이스에 액세서리 달듯 꽃잎을 덕지덕지 달고 풍선처럼 부풀어 오르며 풍성하게 자란다. 보는 이마다 그 화려함에 탄성을 지르며 발길을 멈춰 서곤 한다.

"와아, 이게 무슨 꽃이에요?"

"한 그루에서 이렇게 피어난 거예요?"

"저도 심어봐야겠어요."

화단을 구경하러 오신 손님들이 이구동성으로 관심을 보인 꽃이기도 하다.

디기탈리스는 땅에 납작 엎드려 열심히 몸집을 키우고 있다. 지난 봄 지리산 밑 운봉의 화훼농장에 놀러 갔을 때 제일 눈에 띄게 내 마음을 빼앗은 꽃이 디기탈리스였는데, 장대 같은 줄기에 종 모양의 예쁜 꽃잎을 주렁주렁 달고 화려한 모양으로 화단을 장식하게 될 날이 매우 기다려진다.

보랏빛 샐비어는 내게 낯선 꽃이다. 돌아가신 아버지께서 시골집 화단에 심고 예뻐하셨던 빨간색 샐비어꽃이 눈에 익은 때문일 것이다. 아버지께서는 우리 어렸을 때 시골집 마당 한켠을 화단으로 만들고는 여러 가지 꽃들을 심으셨다. 과꽃, 달리아, 봉숭아꽃, 샐비어, 코스모스, 채송화, 접시꽃 등 흔하지만 계속 시차를 달리하여 화단에 꽃이 피지 않은 날이 없도록 관리하셨던 것 같다. 또한 아버지께서는 샐비어와 코스모스는 어우러져야만 빛을 발하는 꽃이라며 한 곳에 집중적으로 모아 심어야 보기에 좋다라고 하신 말씀이 기억이 난다. 그러고 보면 아버지께서는 화단도 계획적으로 관리하셨던 것 같다. 암튼 샐비어는 내게 아버지의 꽃이기도 하여 샐비어를 보면 아버지가 몹시 그리워진다.

클레마티스는 어른 키보다 높게 설치해준 지주대를 타고 오르며 꽃을 피웠다. 작년에 자라던 줄기는 죽은 줄기마냥 앙상하게 잿빛으로 변한 채 남아 있어 올해는 뿌리에서 다시 새순이 나오려나 싶었는데, 죽은 줄기인 줄 알았던 그 줄기에서 움이 트더니 잎이 나고 줄기 곳곳에서 자줏빛의 큰 꽃이 여러 송이를 달았다. 튀밥 튀듯이 톡톡

잎을 열며 봉오리에서 꽃잎을 여는 모습이 신기하기만 하다.

백합도 눈이 부시도록 짙은 주황색 꽃잎을 활짝 피웠다. 삼색병꽃도 세 가지 색깔의 꽃잎을 주렁주렁 달았고, 케모마일, 마가렛, 일일초, 춘절소국, 샤피니어, 초화화, 쿠페아, 제라늄 랜디, 미니 백일홍, 송엽국, 페츄니아, 데모르, 헬리크리섬 등 이름을 다 불러주기에도 벅찰 만큼 많은 꽃이 화단을 가득 채우며 피어났다.

지상의 정원은 앞다투어 피어나는 봄꽃들의 화려한 뽐내기로 소란스럽기도 하지만, 반면에 땅에서는 봄철 동안 기지개를 펴면서 느지막이 돋아나는 여름꽃의 새싹들이 몸풀기를 하며 숨죽여 얼굴을 빼꼼히 내미는 조용한 속삭임도 있다.

확독에서는 부레옥잠이 자란다. 한 해 무성하게 자라다가도 추위를 견디지 못하고 겨울엔 생을 마감해야 하는 우리네 기후가 안타깝다. 사시사철 따뜻한 미얀마에서는 드넓은 호수에 가득 채워져 자라면서 연보랏빛 꽃을 피워 호수 전체가 부레옥잠꽃으로 끝없이 펼쳐지는 장관이 연출되었다.

일찍 일어난 참새 한 마리가 확독 위로 내려앉아 물 한 모금을 마신 뒤 푸드득 날아간다. 감나무에서는 까치 한 마리가 가지 사이로 오르락내리락하며 먹이를 찾느라 정신없이 바쁘다.

각양각색의 모습으로 자라나는 꽃들을 돌보는 아내의 손놀림도 아침부터 분주하다. 자리를 잘못 잡아 고개를 내밀며 비집고 올라오다 이파리 속에 숨겨진 놈들은 자리를 비켜 제대로 고개를 젖혀주는가 하면, 일찍이 꽃을 피우고 시든 놈들은 꽃잎을 따주며 새 꽃잎을 유도한다. 새싹이 돋아나는 틈새로 솟아나는 잡풀도 뽑아내고, 또한 빽빽이 자리를 차지하는 놈들은 솎아내어 다른 집으로 분양을 보내기도 한다. 물 주고, 거름 주고, 풀 뽑고, 눈길 주면서 아내의 하루는 짧다.

아내는 방으로 들어가는가 싶더니 또 다시 현관문을 열고는 씨앗 바구니를 들고 밖으로 나온다. 파 씨를 파종하겠다고 텃밭으로 향한다. 나는 아내를 불러세웠다.

"여보, 열무가 많이 자랐던데?"

아내는 마당을 지나며 물끄러미 화단을 바라보다 말을 잇는다.

"헬리크리섬꽃이 밤새 바람에 넘어졌어요."

동문서답이 이어져도 이상할 것 하나 없는 평화로운 아침이다.

7월은 청포도가 익어가는 계절

지금으로부터 6년 전, 발칸반도를 여행하던 중에 몬테네그로의 항구도시, 부드바에서 하루를 묵었다. 숙소는 언덕 위에 지어진 예쁜 철제 건물의 2층집이었다. 마당에 주차를 하고 건물 옆 계단을 통해 올라 방으로 들어가서 창문을 열면 아드리아해의 짙푸른 바다와 '스베티 스테판' 섬의 독특한 경치가 눈앞에 환상적으로 펼쳐졌다.

2층 방에서 내려다보면, 발아래에는 철제 그물망 위로 무성하게 자란 포도나무가 마당 전체를 덮는 지붕이 되어 그늘을 드리우고 있었으며, 그물망 아래로는 포도 열매가 복주머니처럼 주렁주렁 매달려 있는 모습이 탐스럽게 보였다.

이 모습을 본 아내는 나중에 주택에 살게 되면 주차장을 저렇게 만들고 싶다는 꿈을 꾸었었다. 그러나 막상 주택을 갖고 보니 현실은 녹록지 않았다. 포도나무는 가을이면 낙엽이 볼품 없이 떨어지고 겨울엔 삭막해 보여 안 좋다며 주변의 만류가 보통이 아니어서, 결국

포도나무 주차장의 꿈을 접고는 대신 화단의 아치에 포도나무 한 그루를 올렸다. 포도나무는 잘 자라 아내의 소망대로 포도알이 영글어 주렁주렁 매달렸다.

7월은, 청포도가 익어가는 계절.

한강 건너기 수영 대회

지난봄 제자 Y에게서 전화가 왔다.

"선생님, 이번 휴가에 선생님을 좀 뵙고 싶은데, 시간이 될는지 모르겠어요?"

"그래. 선생님을 찾아온다니 좋다마는 너는 모처럼 휴가인데 금쪽 같은 시간을 나 땜에 빼앗기는 것 아닌지 모르겠구나."

"아니에요. 어차피 시골 가는 길에 들를 거구요. 제 딸이랑 함께 가도 되겠지요?"

"물론이지. 너 좋아하는 막걸리랑 준비해 놓고 기다릴게."

"고맙습니다, 선생님. 그때 뵙겠습니다."

이렇게 30여 년 만에 제자와의 만남이 이루어졌다. 며칠 후 Y는 예쁜 초등학생 딸의 손을 잡고 우리 집으로 왔다. 서울에서 도시 공학을 전공하여 대기업에 취업하고 직장에서 삶에 최적화된 도시를 디자인해 내는 도시개발팀에서 근무하고 있다고 한다.

학창 시절에는 말수도 없고 착하디착한 학생이었다. 앞장서서 나서기를 꺼려하는 성품이어서 공부를 잘했으면서도 눈에 드러나지 않은 조용한 아이였다. 그러나 항상 밝은 미소가 끊이지 않고 친구들과의 사이에 무슨 일이든 수긍하고 조정하고 배려하면서 누구하고도 잘 어울리는 모범생이었다. 딸과 함께 은사님을 찾아온 것만으로도 범상치 않은 면모가 아닌가.

이 제자의 학창 시절에는 해마다 여름방학 전에 1박 2일로 수련활동을 가곤 했었는데, 그해에는 학교에서 좀 떨어진 오지에 폐교를 개조해서 만든 야영장으로 가게 되었다. 아이들은 배낭을 메고 야영장에 설치할 텐트와 캠프파이어에 쓸 장작 한 개비까지 짐들이 가득했다. 버스를 대절해서 갔어야 할 먼 길이었는데도 그 무거운 짐들을 들고 야영장까지 1시간이 넘는 길을 걸어서 갔다.

아이들은 특별 메뉴로 백숙을 해먹겠다고 집에서 기른 통통한 닭을 산 채로 (물론 부모님이 챙겨주셨겠지만) 조별로 한 마리씩 안고 왔다. 생각해보면, 지금의 학교생활 정서로는 상상도 할 수 없는, 사람 사는 정이 물씬 묻어나는 정겨운 삶을 살던 시절의 이야기이다.

한참 길을 걷다가 물이 꽤 흐르는 냇가를 건너야 했다. 아이들은 바지를 걷고 신발을 손에 든 채 냇가를 건너게 되니 신바람이 났다. 나는 발 벗고 물에 빠져서 냇가를 건너는 아이들의 모습을 사진에 담으려고 연신 카메라 셔터를 누르고 있었다.

그런데 어떤 아이 하나가 내 바로 앞을 지나다가 "선생님, 이 닭을 한번 찍어 보세요." 하고 손에 든 닭을 번쩍 들어 올렸다.

"그럴까? 잘 한번 올려봐."

나는 창공에 높이 올려 든 닭을 향해 카메라를 들이댔는데, 이 모습이 재미있었는지 다른 아이들이 우르르 몰려들면서 아이는 기우뚱거리며 손에 들고 있던 닭을 놓치고 말았다. 아뿔싸.

"어? 큰일 났다."

"얼른 뛰어 들어가."

"야, 여기 여기. 이쪽으로 몰아."

"안돼. 거기를 막아야 돼."

순식간에 아이들이 냇가로 뛰어들어 닭 추격전이 벌어지고 일대가 아수라장이 되었다. 이 느닷없는 사건은 많은 추억 중에 손에 꼽을 만큼 임팩트 있는 사건이 아닐 수 없다. 그날 밤 닭을 잡아 솥에 넣고 불을 피워 백숙을 해먹은 일, 밤하늘의 별을 보며 친구들과 우정을 쌓은 일 등 그날 야영에서의 생생한 경험담을 Y와 주고받으며 시간 가는 줄 모르고 즐거워했다.

이야기를 듣고 있던 Y의 딸 아이가 대뜸 내게 질문을 했다.

"근데요, 선생님. 우리 아빠 학교 다닐 때 공부 잘했어요?"

"암, 잘했지. 왜 못했을 거 같아?"

"아니요. 잘했다고는 들었는데요. 진짜인지 알고 싶어서요."

우리는 이 꼬마의 질문에 박장대소했다. 어린아이다운 질문이었다.

이번엔 제자가 나더러 어떻게 소일하느냐고 물었다. 나는 아침에 수영으로 하루를 시작한다고 말했더니 자기도 수영을 좋아한다면서 여름이면 서울에서 '한강 건너기 수영 대회'가 있다고 참여해보라고 권했다.

"그래? 그것 참 재미있겠는데?"

"사모님도 함께 참여해보세요. 충분히 가능해요."

매년 이어오던 '한강 건너기 수영 대회'가 그동안 코로나로 인해 멈췄다가 다시 개최된다는 소식에 후다닥 접수를 마쳤다. Y도 함께 하겠다고 했다. 수영으로 한강을 건넌다 생각하니 벌써부터 설레고 생각만으로도 짜릿했다.

수영 대회 날이 가까이 다가오면서 잘 해낼 수 있을지 계속 걱정 반 기대 반이었다. 수영장에서 1,500m 수영에 도전하여 완영에 성공할 만큼 연습도 했다. 1,500m 수영이면 발을 땅에 딛지 않고 50여 분 동안이나 쉬지 않고 팔과 발을 움직이면서 물 위에 떠 있어야 하는 매우 지리한 거리이다. 한강 건너기 훈련이라 여기고 강한 집념으로 견뎌냈다.

드디어 대회 날이 도래했다. 엊그제 수도권 집중 폭우로 한 차례 연기되었다가 또 다시 북상 중인 역대급 태풍 힌남노 때문에 위태위태한 가운데 취소될까 봐 맘을 졸이며 기다렸는데, 급기야 대회가 성사된 것이다.

꼭두새벽부터 일어나 부리나케 준비하고는 승용차로 3시간을 달려서 서울 잠실대교 남단 행사장에 도착했다. 가는 도중에 동탄에 들러 Y를 만나 태웠다. 아빠가 이 대회에 참가한다 했더니 위험한데 어쩌려고 그러느냐며 극구 출전을 말리던 서울에 사는 딸 아이도 휴일을 맞아 응원차 현장으로 달려왔다.

연일 하늘만 쳐다보며 날씨를 걱정했는데 우려했던 바와 달리 날씨도 좋고, 이 대회에 나를 안내해준 수영 마니아인 제자와도 함께 할 수 있게 되어서 한강 수영의 기대는 한껏 부풀어 있었다.

앞 시간대 출전자들은 벌써 수영 복장으로 갈아입고 한강으로 뛰어들 채비를 갖추고 신이 나 들뜬 모습들이었다. 나도 급히 본부석에 참석 체크를 마치며 팔뚝에 출전 선수 인증 도장을 받았다. 이제 수영복으로 갈아입고 물속으로 뛰어들기만 하면 된다. 설레기도 하면서 잘 해낼 수 있을까 하는 긴장된 마음으로 가슴이 쿵쾅거렸다.

그런데 바로 그 순간, 수영을 준비하던 참가자들이 술렁이기 시작했다. 갑자기 대회가 취소되었다는 것이다. 이 무슨 청천벽력 같은 소리란 말인가? 날씨도 좋은데 왜 이제 와서 대회를 취소하는 것인가? 지방에서 새벽부터 달려온 나는 어떡하라고. 어이가 없었다.

알아본즉, 태풍에 대비해 한강 상류 댐에서 물을 방류하고 있어 수문통제소에서 행사 금지 명령이 내려졌다는 것이다. 세상에나. 그렇담 좀 일찍 공지를 했어야 하지 않은가. 생각할수록 허탈했다.

'이 대회를 대비하여 얼마를 연습하고 기다렸는데….'

'대회에 참가하려고 새벽부터 지방에서 여기까지 달려왔는데….'

그러나 어쩌겠는가. 살다 보면 이렇게 뜻하지 않는 일들도 맞닥뜨리게 되는 것이거늘.

오늘은 사랑하는 옛 제자와 만나고 객지에 사는 예쁜 딸을 보게 된 것만으로 만족하고, 아쉽지만 수영으로 한강을 건너는 체험은 내년으로 미뤄야 했다. 한강을 수영으로 건너는 대신 승용차를 타고 다리 위로 건너서 하경(下京)했다.

가을

오늘 새참은 군고구마

우리 어린 시절엔 고구마가 중요한 농산물이었다. 간식거리이기도 했지만, 어느 땐 한 끼 식사이기도 했다. 가을이면 우리 집에선 엄청난 양의 고구마를 수확해서 안 쓰는 방 하나를 가득 채워 보관하고는 수시로 빼내 먹었다. 특별한 군것질거리가 없던 시절이어서 심심하면 생고구마를 깎아 간식으로 먹기도 했고, 삶아서 김치를 얹어 대식구의 식사를 대신하기도 했다.

가득 쌓였던 고구마가 한 가마씩 줄어들다가 봄철이면 그 많은 고구마를 다 먹어 치우고 보관했던 방이 자연스레 치워지곤 했던 중요한 먹을거리였던 고구마가 요즈음에는 호박 고구마, 밤 고구마로 구미를 달리하면서 비싼 건강 기호식품이 되었다.

옛날 사랑방 아궁이에 던져 넣어 두었다가 새까맣게 타버린 고구마를 꺼내 뜨거워서 양손으로 이리저리 던져가며 식히느라 입으로 호호 불면서 먹었던 어린 시절의 고구마는 굶주린 배를 채우는 간식이었고, 어느 땐 한 끼를 때우는 주식이기도 했는데 말이다.

나는 고구마에 대한 부끄러운 일화를 갖고 있다. 지금처럼 우리나라에 반려견이 많지 않던 시절인데 오래전에 캐나다로 학생들을 인솔하고 어학연수를 갔던 적이 있었다. 내가 머물던 홈스테이 주인은 덩치가 큰 개를 한 마리 기르고 있었다.

나는 어려서 시골에서 자라며 마루에 앉아 고구마를 먹고 있으면 우리 집에서 기르던 개가 앞다리를 세우고 엉덩이를 땅에 내리고 앉아서 먹고 있는 나를 빤히 쳐다보고 있기가 일쑤였다. 그러면 고구마

를 먹다가 껍데기를 벗기고는 개 있는 곳으로 휙 던져주면 개는 몸을 잽싸게 일으켜 입으로 받아서 잘도 먹곤 했다. 그 모습이 재미있어서 고구마를 먹을 때마다 자연스럽게 매번 그랬던 것 같다.

마침 홈스테이에서도 식사에 고구마가 나왔다. 나는 아무 생각 없이 자연스럽게 나를 쳐다보고 있는 반려견에게 고구마 한쪽을 던져주었다. 그런데 그 개는 익숙지 못했는지 받아먹질 못하고 바닥에 떨어진 뒤에 주워서 먹게 되었다.

이 모습을 본 홈스테이 주인 딸 아이가 화들짝 놀라며 소리쳤다.

"아빠, 이 아저씨가 음식을 바닥에 떨어뜨려 개가 먹게 되었어요."

나는 당황했다. 늦게야 사태를 파악하고 나는 어찌해야 좋을지를 몰라 머뭇거리고 있어야 했다. 가족들이 하나둘 내 쪽으로 다가오면서 눈을 똥그랗게 뜨고 나를 쳐다보고 있었다. 음식을 다시 달라는 모습으로 나를 쳐다보고 있는 반려견까지 포함해서 온 식구들이 나를 바라보는 요주의 인물이 되어 있었다.

"아, 미안해요. 나는 입에다 주려 했는데, 실수로 떨어뜨린 거예요."

이렇게 얼버무리고 가까스로 사태를 모면했다. 그러나 식사를 계속하며 식탁에 앉아 있는 시간이 좌불안석이었다.

그때까지 나는 이 집에서 반려견이 가족처럼 살면서 사람보다 더 위생적으로 대접받고 산다는 것을 몰랐던 것이다. 지금도 그때를 떠올리면 등에서 식은땀이 흐를 정도로 난감했던 해프닝이었다.

오늘은 마당에서 화단 가꾸느라 땀을 뻘뻘 흘리는 아내를 위해 새참으로 고구마를 전자레인지에 구웠다. 이제 아궁이는 전자레인지가 대신하고, 얹어 먹던 김치는 커피가 대신한다. 세상이 참 많이도 변했다.

나더러 나무 화분을 만들라고?

"여보, 사각으로 된 나무 화분을 만들어 이곳에 설치하면 좋겠어요."

아내는 주차장 한켠에 나무 화분을 만들어서 꽃을 심으면 잘 어울리겠다는 판단이 섰다. 그리고 한마디를 덧붙인다.

"그런데 당신이 그런 걸 만들어보지 않아서…."

아내는 내가 손수 제작 가능한지 반신반의하면서 슬쩍 떠보는 것이었다. 아내가 해주는 밥을 몇십 년을 먹었는데 설마 아내가 말하는 뜻을 내가 못 알아들을까. 짐짓 알아들었으면서도 어긋지게 대답했다.

"그러지. 어려운 일이구만. 내가 그런 걸 어떻게?"

"그치만 당신은 다른 일하는 솜씨를 보면 충분히 해낼 수 있을 거예요."

아내는 내 솜씨를 칭찬한 듯하면서 자존심을 살짝 건드려 오기를

발동시킨다. 나는 행간의 숨은 의도까지 다 읽어냈다. 그런데 읽어만 내면 뭐하나. 아내의 의도된 순서대로 진행이 돼버리는데.

"내가 못해낼 줄 알고?"

나는 혼잣말을 하면서 팔을 걷어붙였다. 결국은 언제나 아내가 한 수 위였다.

우선 노트에 만들고 싶은 나무 화분 모양을 스케치하고는 인터넷을 검색하여 일반적으로 판매되는 방부목의 원래 크기를 알아내서 어느 정도로 잘라서 한 면에 몇 개의 목재가 필요한지 계산해 냈다. 그러려면 총 몇 개의 방부목을 구입해야 하는지도 파악했다.

그리고는 바로 목재소로 내달렸다. 다행히 우리 마을 목재소에서는 나무를 자르는 전동 톱을 사용할 수 있도록 비치해 놓고 있었다. 방부목을 구입하고는 이미 계산하여 노트에 적어온 대로 전동 톱을 이용하여 크기별로 개수에 맞게 잘랐다.

집으로 돌아와 마당에 모든 목재를 내려놓고 잘라 온 목재가 설

계도대로 크기가 맞는지 대충 맞추어보았다. 정확했다. 개수도, 크기도.

"아니 이럴 수가. 이렇게 정확히 맞는다 말이야? 처음 해보는 작업치곤 대단한데?"

나의 정확한 눈썰미에 스스로 감탄하면서 좋아 어쩔 줄 몰라했다. 빨리 드라이버로 못을 박아 맞추어 내보고 싶은 마음이 굴뚝 같았다. 아, DIY(Do It Yourself)가 이런 재미가 있구나. 나는 점점 작업에 빠져들고 있었다.

목재를 맞춰서 조립하기 전에 먼저 목재에 오일스테인을 발라주어야 한다. 아무리 방부목이라 하더라도 비바람에 오래도록 견디려면 칠을 해주어야 하는 것이다. 그래서 모조리 마당에 펼쳐놓고 오일스테인 칠을 했다. 칠이 마른 뒤, 목재를 하나씩 맞추어가며 전동드릴로 나사못을 박아 모양을 잡아 나갔다. 나무가 차례로 고정되면서 화분 모양이 드러나기 시작하는데, 작업이 점점 더 즐거워졌다. 이때 아내가 나타났다.

"오, 잘 만드는데? 내가 도와줄 것이 없을까요?"

나는 갑자기 어깨에 힘이 들어갔다.

"여보, 걸리적거리니까 한쪽에 가 가만있으면 안 될까?"

"알았어요. 제가 무슨 도움이 되겠어요?"

아내는 심드렁하게 작업장을 떠났다. 아내는 나의 잘난 척하는 모습이 어이없다는 표정이었지만, 한편 잘 만드는구나, 하며 안심하는 눈빛이었다.

그렇게 척척 작업이 진행되고 드디어 나무 화분이 완성되었다. 완성된 화분을 바라보니 뿌듯했다.

'내가 이걸 만들었단 말이야?'

어마어마한 건축물이라도 지어낸 듯, 아니 인류가 풀어내지 못한 수학 문제를 풀어 답을 구하기라도 한 듯 기뻤다. 기쁜 마음으로 아내를 불러들였다.

"와아, 이쁘다. 나는 당신이 해낼 줄 알았어요."

"아이고 무슨. 해낼 수 있으려나 했으면서."

"후훗. 어떻게 알았어요?"

이렇게 아내의 의도대로 수제 나무 화분이 완성되었고, 아내와의 밀당은 끝이 났다.

난생처음 해보는 작업이지만, 만들어놓고 보니 내가 만들었으면서도 잘 믿기지 않을 만큼 모양이 제법 그럴싸하다. 그리고 DIY의 재미를 톡톡히 느꼈다. 이처럼 세컨하우스의 삶은 해보지 못한 여러 가지 경험의 학습장이다.

내가 만든 화분을 주차장 옆 아내가 원했던 자리에 옮겨 놓고 아내는 샤피니어와 임파센스를 심으며 좋아라 했다. 아내가 내게 무엇으로 화분값을 보상해줄는지 봐야겠다.

흰 쌀밥 위에 파김치를 돌돌 말아 얹어

쪽파.

왜 쪽파라 하는지도 몰랐다. 파와 양파를 교잡한 품종이라 한다. 두 가지의 파가 반쪽씩 섞였다는 말인 듯하다.

씨를 사서 텃밭에 꽂아 30일이면 무성하게 자란다. 텀을 두고 두 곳에 번갈아 재배하여 세 번째 채집했다. 곧장 다듬고 양념에 버무려

바로 점심 식탁에 올랐다. 아내의 마술 같은 솜씨다. 잎사귀는 부추의 연한 맛. 아래 부분은 부드럽게 씹히는 아삭한 맛이 난다.

갓 도정하여 아들야들한 흰 쌀밥 위에 파김치를 돌돌 말아 얹어 입에 넣으면 그 감칠맛에 온몸이 부르르 떨린다.

전원생활의 맛이다.
또한 30일 만의 기적이다.

오늘도 우리 마당에 애호박과 꼬마 사과를

우리 집 옆에는 공터가 있다. 택지 한 필지가 집을 짓지 않아서 비어 있는 것이다. 한동안 잡초가 무성하게 자라 있던 황무지 땅에 소유주가 찾아와 농사를 지으려 준비를 했다.

소유주께서는 잡초를 걷어내고, 자갈을 골라내고는 밭으로 일구었다. 그리고는 상추, 시금치, 부추, 고추, 가지 등 몇 가지를 심어 관리를 하시더니 점차 종류를 늘려 배추, 무, 수박, 참외, 딸기, 호박 등 밭에서 가꾸어 먹는 온갖 채소를 비롯하여 옥수수, 콩, 토마토, 고구마 등 심지 않은 식재료가 없을 만큼 수많은 종류의 과채류를 재배하셨다. 또한 울타리 격인 밭 경계 지역엔 사과, 대추, 감나무 등 여러 종류의 유실수도 심으셨다.

시내 집에서 이곳 텃밭으로 하루 한 번씩 승용차를 타고 오가며 밭작물 관리를 하시는 것이다. 무더위에도, 비가 내리는 악천후에도 작물 관리에 여념이 없으셨다. 작지 않은 텃밭인데 잡초 하나 없이 정

갈하게 관리하는 것으로 보아 참 부지런한 성품이신 것 같다. 울타리 너머로 일하시는 모습을 지켜보면 품목별로 잘 정돈된 구획 재배에 작물마다 풍성하지 않은 품목이 없을 정도로 관리하시며 농작물 관리가 전문가급 수준이다. 가끔은 부부가 함께 오셔서 물도 주고 재배한 채소들을 채집도 하며 동행하는 모습이 마치 나들이를 오신 듯 즐거움으로 가득 차 보였다.

그런데 밭만 일구었을 뿐 아직은 수도 시설이 없어 승용차에 물통으로 물을 가득 싣고 와서 급수를 하는데, 밭 전체에 급수를 하기엔 보통 힘든 일이 아닌 듯 보였다.

어느 날 내가 조심스럽게 말씀드렸다.

"마당에 있는 우리 수돗물 좀 끌어다 사용하세요."

"아, 네. 고맙습니다."

이렇게 대답하시더니 그뿐이었다. 이웃에 폐를 끼치지 않으려는 성품이신 듯했다. 그만큼 점잖으시고, 마주칠 때마다 인사성도 밝으셔서 긍정 에너지가 전달되는 분이다.

또한 이웃들에 자주 수확물을 나눠주시기도 하는 인정이 많은 분이시다. 고구마, 비트, 마늘, 옥수수 등 작물을 수확하시면 가끔씩 울타리 너머로 건네주시곤 한다. 땀 흘려 힘들게 농사지은 수확물인데, 얻어먹는 사람은 미안하기 그지없다. 오히려 주시면서도 매번 약소하다며 미안해하시는 말씀에 몸 둘 바를 모르겠다.

오늘도 마당을 거닐다 화단 옆에서 예쁜 과일 뭉치를 발견했다. 또 그분께서 밭에 일하러 오셨다가 수확하여 살짜기 놓고 가신 모양이다. 얼마 전에도 호박죽용 단호박을 놓고 가시더니 이번엔 애호박과 꼬마 사과를 울타리 너머 우리 마당에 남겨 놓고 가셨다. 한 폭의 정물화처럼 예쁘게도 놓아두셨다.

정이 듬뿍 담긴, 값으로 매길 수 없는 귀한 선물에 마음까지 훈훈해진다. 이런 이웃을 두었다는 것은 큰 행운이 아닐 수 없다.

우편배달부를 위한 선물, 빨간 우편함

세컨하우스엔 우편배달부가 하루 한 번씩 다녀간다. 우리 집 우편함은 건물 아래 데크 위에 설치되어 있다. 따라서 우편배달부가 우편물을 넣기 위해서는 문밖에서 오토바이를 세우고 내려서 마당으로 걸어 들어와 데크 위로 올라서야 우편함에 넣을 수 있게 된다.

그런데 어느 날, 우리 우편함으로 우편물을 넣기 위해 들어오던 우편배달부와 마주쳤다. 그때 그분은 내게 이런 푸념을 늘어놓았다.

"우편함이 밖에 있으면 좋은데, 저 안까지 걸어 들어가려니 참 힘드네요."

"아. 그렇군요…."

그동안 나는 우편배달부에게 그런 불편함이 있다는 것을 알지 못했다. 이제라도 알게 되었으니 주차장 옆 도로가에 우편함을 설치하기로 하고, 인터넷을 검색하여 빨간 우편함을 주문했다.

며칠 후 주문한 우편함이 도착했는데, 설치하는 일이 쉽지 않았다.

도로는 아스팔트 포장으로, 주차장은 보도블록으로 덮여서 땅에 세울 수가 없으니 내 힘으로는 설치할 방법이 없었다.

별 수 없이 전문가를 불렀다. 기사 분은 육중한 전기 드릴을 가지고 와 시멘트 바닥에 구멍을 뚫고 그 자리에 나사를 박아 우편함을 고정시켰다. 공사에 걸리는 시간은 10분이 채 안 걸렸다. 그렇지만 나 혼자로서는 어떻게든 해낼 수 없는 일이었다. 전원주택에서 살다 보면 이런 일들을 자주 접하게 된다. 전문 도구를 이용하면 금방 끝날 수 있는 일이되 내 능력으로는 해낼 수 없는 일들.

이렇게 해서 우리 집 입구에 멋진 빨간 우편함이 설치되었다. 설치하느라 고생은 했지만, 우리 집에 좋은 소식을 전달해주는 우편배달부의 편의를 위해 좋은 일을 했다고 생각하니 마음이 뿌듯했다. 이제 우편배달부는 길에서 오토바이를 세우고 그대로 걸터앉은 채 우편물을 손쉽게 우편함에 집어넣을 수 있게 되었다.

다음 날, 오토바이에 걸터앉은 채 우편물을 넣고 떠나는 우편배달부를 목격했다. 아무 말 없이 떠났지만, 그분이 굉장히 좋아하셨을 것 같아 흐뭇했다.

나는 지금껏 단독주택마다 문 앞에 설치한 우편함이 멋스럽게 하기 위한 소품인 줄로만 알았다. 알고 보니 우편배달부를 위하는 깊은 뜻이 담긴 선물이었다. 자그마한 배려가 누군가에겐 이렇게 큰 도움이 되기도 한다.

36년 전의 첫 제자들이 찾아오다

지금으로부터 36년 전, 하얀 눈이 덜 녹아 아직 길이 미끄러운 시골 빙판길을 걸어서 첫 부임교에 들어서던 3월 첫 출근 날의 기억이 또렷하다. 그 해에 학급 담임으로 배정받은 1학년 신입생 아이들과의 첫 만남은 내게 평생 잊지 못할 인연이었다.

아이들도 새내기이고 교사인 나도 새내기였기에 좌충우돌하면서 하루하루가 역동적인 날들이었다. 아이들은 낯선 상급학교로 입학하여 매사 모르는 것투성이였을 테니 궁금한 게 많아 똥글똥글한 눈으로 선생님만 쳐다보며 질문을 쏟아내는데, 나 또한 교직 근무가 처음이어서 학교생활이 낯설고 생소하긴 마찬가지였다. 그래서 아이들이 궁금해하는 것들을 잘 안내하지 못하고 얼버무리며 선생님으로서의 체면을 구기지 않으려고 온갖 애를 다 써댔다.

그때는 요즘에 비해 수업시수가 많았는데도 힘든 줄도 모르고 매번 수업이 즐거웠고, 아이들도 한없이 이뻐 보이던 열정 가득하고 에

너지가 넘쳐나던 시절이었다. 오죽하면 아이들과 같이 지내고 싶어서 근무를 쉬어야 하는 주말이 다가오는 게 싫을 정도였으니, 생각해보면 얼마나 행복했던 시절이었는지 짐작이 가고도 남는다. 흔히 말하는 '처음처럼'의 그 처음이 내게는 바로 이때였던 것이다.

어느 주말엔 휴일마저 아이들과 함께 보내고 싶었던지 자전거 여행을 기획하여 실행하기도 했었다. 그때는 대부분 아이들의 통학 수단이 자전거였기에 자신의 자전거를 타고 출발지에 집결하여 하루 동안 시골 국도를 따라 이동하면서 사원, 향교, 지방 문화재 등을 둘러보며 100여 km를 달렸으니 지금 자전거 마니아들의 하루 이동량만큼의 거리를 거뜬히 소화해냈던 것이다. 물론 교통량이 적은 시절이었기에 가능했던 모험이었다. 낙오자가 없도록 서로 끌고 밀기도

하고, 또 고장 난 자전거가 생기면 누가 먼저랄 것 없이 나서 손을 봐 줘 가면서 어둑해진 저녁이 되어서야 무사히 출발지로 회귀해서는 해냈다는 기쁨에 서로 부둥켜안고 좋아했다.

이런 구상을 처음 교무실에서 발표했을 때, 선배 교사들은 주말까지 왜 저러나 하고 이해할 수 없다는 듯이 의아해했고, 관리자들은 혹시나 사고가 날까 노심초사하여 난감해하던 표정이 역력했다. 나는 괜히 일을 벌였나 싶으면서 마치 죄인이라도 되는 것처럼 직원들의 분위기를 살펴야 했다. 그렇지만 그때가 내게는 열정과 패기로 똘똘 뭉쳐 살았던 인생 최고의 황금기가 아니었나 싶고, 지나고 보니 가슴 뿌듯한 기획이었다는 생각이 든다. 훗날 이 아이들을 만날 때마다 그들 또한 그때의 자전거 여행이 학창시절의 잊지 못할 최고의 추억이었노라고 회상하곤 하는 걸 보면 분명 값진 기획이었음에 틀림이 없다.

이런 일도 있었다. '연구수업'이라는 연례행사가 있어 교육청에서 나온 장학사와 인근 학교 동료 교사들을 초청하여 수업을 발표해야 하는데, 교사들 모두 수업을 기피하는 터라 수업 대상자는 의당 초년병인 내게 맡겨져 공개수업을 해야 했다. 영문도 모르고 공개수업에 내몰린 아이들은 교실에 가득 모인 손님들 앞에서 수업 잘 받는 모습을 보이려고 눈을 초롱초롱하게 뜨고 잔뜩 긴장한 선생님을 안타깝게 바라보며 그들과 동지적 입장에서 한 시간을 잘 짜여진 역할극으로 함께 버텨냈다. 수업이 끝난 후 무슨 큰 전쟁이라도 치르고 개선한 양 크게 안도의 한숨을 내쉬면서 실수한 부분을 서로 얘기하며 아이들과 동지가 되어 있었으니, 수업 연구라는 본래의 목적보다는 사제지간의 의기투합을 이루게 하는 더 소중한 성과를 얻어낸 계기가 되기도 했다.

학기 초가 되면 아이들의 이해를 돕기 위해 나서야 했던 고난의 '가정방문' 기행 또한 잊지 못할 추억으로 남아 있다. 아지랑이 피어오르고 들녘에 봄꽃이 흐드러지게 피어나는 경치 좋은 봄날에 통학하는 아이들의 자전거를 빌려 타고 포장도 되지 않은 시골 자갈길을 낑낑거리며 페달을 밟아 땀을 뻘뻘 흘리며 이 마을 저 마을로 아이들의 집을 찾아 나서곤 했다.

하루는 선생님이 방문 오셨다고 들에 일하러 나가신 엄마를 불러들여온 아이는 수줍어 새끼손가락을 입에 문 채 부엌문 뒤로 숨고,

엄마는 걸레로 마루를 훔치며 선생님을 맞이하는데, 낯선 사람을 발견한 개가 먼저 달려들어 내 허벅지를 물어뜯는 소동이 벌어졌다. 다행히 바지만 찢어지고 상처는 나지 않았지만, 학부모도 나도 서로 난감해하며 어쩔 줄 몰라 했던 일은 내게 개에 대한 트라우마를 남겨준 사건이기도 하다.

또한 그때는 달걀이 큰 선물이 되던 시절, 가정방문을 마치고 집을 나서는 내게 학부모가 달걀 하나를 건네기에 극구 사양하고 돌아섰는데, 기어코 내 주머니에 달걀 하나를 몰래 넣어둔 사실을 모르고

있다가 한참 후에 날달걀이 주머니 속에서 깨지는 통에 옷이 난장판이 돼버린 웃지 못할 해프닝도 있었다.

그뿐 아니라 가는 집마다 학부모들이 내놓는 음료수를 사양하지 못하고 억지로 다 마셔 결국엔 배탈이 나야 했는가 하면, 어떤 집에서는 술에 취한 학부모가 놓아주지 않아 밤늦게까지 붙잡혀 있어야 했던 어설픈 초년병 시절의 가정방문 기행은 고난의 연속이었다.

그래도 이런 일들이 선생님을 대하는 인식이 지금과는 확연히 다르게 학부모들이 선생님을 무한 신뢰하고 서로 정감이 넘쳐나던 행복한 시절의 이야기여서 생각할수록 마음이 훈훈해진다.

그렇게 좌충우돌하면서 함께 지냈던 코흘리개 아이들이 오늘 선생님을 만나겠다고 우리 세컨하우스를 찾았다. 스승의 정년퇴임을 축하하겠노라고 함께 모여서 내 거처를 방문한 것이다. 마당으로 아이들을 맞이하러 나섰다가 훌쩍 커버려 어른이 다 된 성인 제자들이 양손에 선물 꾸러미를 가득 들고 내게 우르르 몰려드는 순간, 갑자기 울컥해지는 기분을 감출 수 없었다.

내게는 그 어느 것과도 바꿀 수 없는 귀한 시간이었던 그 시절에 내 삶의 어느 누구와도 견줄 수 없는 사랑스런 존재였던 아이들. 그토록 값진 인연으로 만났던 코흘리개 제자들을 36년이 지나 이렇게 다시 만나는 설렘은 어떤 말로도 형용할 수 없을 만큼 두근거리는 환희와 기쁨이었다.

나는 어느새 회갑을 훌쩍 넘기고 내게는 닥쳐올 것 같지 않고 항상 남의 일처럼만 여겨졌던 '정년퇴임'을 하여 평생을 천직으로 여기고 살았던 교단을 떠나 이제는 소란스러운 세상과 단절하고 자연과 함께 유유자적하며 살아가는 '끝난 사람'이 되어 버렸고, 코흘리개였던 아이들은 희끗희끗해진 머리를 한 반백의 나이가 되어 경향 각지에서 굵직한 사업체를 운영하는가 하면, 내로라하는 회사의 중견인으로서 열심히 살아가는 가장들이 되었다. 훌륭한 제자들의 모습을 보는 일이야말로 교사에겐 최고 보람일진대, 오늘 나는 그 보람을 마음껏 누린 행복한 하루였다.

긴 세월 동안 헤어졌다가 만나 마음의 짐을 훌훌 벗고 정을 나누면서 옛이야기를 소환시켜 곱씹으며 걸판지게 웃어대던 오늘의 귀한 만남은 잊을 수 없는 또 하나의 사건이 되어 오래도록 마음속에 남아 있을 것이다. 나는 앞으로도 열심히 살아가는 이 제자들을 지켜보며 그들과 친구처럼 함께 늙어갈 것이고.

넌 먹을 것이 많은 때 태어났어

한 해가 또 저물어간다. 정원의 계절별 변화에 따라 세월도 물 흐르듯 흐르는 것 같다. 지금 정원에는 울긋불긋 가을 색이 완연하다. 하루가 멀다하고 새롭게 피어나는 다양한 꽃들과 인사를 나누기에도 버겁던 아름답고 화려했던 봄철이 지나고, 신록으로 뒤덮인 정원에 장맛비가 그칠 줄 모르고 세차게 내리는가 하면 대형 태풍까지 몰아닥쳐 꽃들이 다칠세라 노심초사했던 여름철을 보내고, 국화, 구절초, 가우라가 활짝 피어 은은한 가을빛이 중년의 원숙함처럼 느껴지게 하는 가을 화단에 여기저기 단풍잎들이 나뒹군다.

봄은 너무 짧았다. 그리고 여름은 살기 위해 몸부림치듯 치열했다. 이제 가을의 한가운데에서 오롯이 계절을 느낄 수 있게 되었다. 가을은 여유로운 계절임에 틀림 없다. 내가 태어난 계절도 가을이다. 그래서일까. 나는 가을이 좋다.

"넌 먹을 것이 많은 때 태어났어. 느그 형제들은 다 정월에 낳았는디 너만 가을에 낳았당개."

엄마가 종종 들려주시던 말씀이다.

"부엌에서 일하다 산기를 느껴 방으로 들어가 그냥 낳았던 말여."

나는 그렇게 이 세상에 나왔다. 그리고 봄부터 계절이 바뀌어 가듯 숱한 격동의 세월 속에 몸을 맡기고 살다가 이제 이렇게 황혼을 맞았다.

정원의 식물들도 가을을 맞아 더 원숙해진 모습으로 나를 반긴다. 칼마삭은 가는 잎과 줄기도 붉은색으로 갈아입었고, 마당 한켠에 우뚝 솟아 여름내 그늘을 드리우던 키 큰 단풍나무도 붉게 물들었다. 아치를 타고 오르던 포도 넝쿨은 아예 옷을 벗어 버리고 앙상한 줄기만 매달고 있다.

감나무 아래 보랏빛 쑥부쟁이는 하늘을 향해 고개를 쭈욱 내밀고 바람에 하늘거린다. 마치 초여름 둥지에서 태어난 새끼 제비들이 고개를 내밀고 어미를 찾는 모습처럼 귀엽다.

샤피니어는 여름 화단을 환하게 색칠하고도 모자라 다시 무성하게 피어난 진홍빛 꽃송이들이 화분에 넘쳐나 그 생동감이 가을을 무색케 하고, 울타리를 두르고 있는 홍가시 레드로빈은 줄기 끝에 새로 돋아나는 잎사귀마다 벌겋게 달아올라 마치 꽃을 피운 듯 장관이다.

화단에 낮게 자리하고 피어난 미니백일홍은 색깔별로 예쁜 꽃잎을 달고 이 계절 우리 화단에서 제일 화려한 모습이며, 병충해를 관리하지 못한 탓에 몸살을 앓고 소생한 아스타 진한 보랏빛 꽃봉오리는 애틋한 마음에 더 사랑스럽다.

줄기 끝에 빨간 봉오리를 열매처럼 매단 천일홍은 번식력 강하게 옆집 텃밭까지 침범하여 무성하게 자랐다. 깨진 항아리 속에서도 피어나는 그 충만한 에너지는 가을빛을 더 돋보이게 한다.

생명력 강한 메리골드는 빨간 꽃, 노란 꽃, 그리고 색깔이 섞인 얼룩무늬 꽃까지 다양한 꽃잎들이 여기저기 영역을 가리지 않고 피어나 화단을 온통 장악하려 한다. 이토록 강한 생명력은 나도 닮아 보고 싶다.

15년 전 아버지께서 만성폐쇄성 폐질환을 앓다 돌아가셨다. 그 직후 나도 가족력이 의심스러워 서울의 큰 병원에 종합건강검진을 의뢰했다. 검진 결과 폐에 결절 소견이 보인다고 했다. 그러면서 이 결절이 악성인지 아닌지는 3개월 후 다시 추적 관찰 후에 알 수 있다고 했다. 만약 악성으로 판명되면 치료든, 치유든 그 이후에 다시 논의하자고 했다. 그러나 악성일 수도 있다는 사실에 갑자기 무서워지기 시작했다. 별의별 상상들이 다 머릿속에 맴돌았다. 나의 삶과 죽음은

50%의 확률이다. 그렇지만 검진을 의뢰했던 일련의 사정들을 고려하면, 악성일 확률에 자꾸 무게가 실렸다. 그러면서 차후 악성일 때의 상황이 머리를 짓눌렀다. 아, 어찌해야 좋단 말인가.

그렇지만 검진 결과에 대한 걱정을 아내에게는 물론, 가족 어느 누구에게도 알리지 않았다. 이 사실을 미리 말한다 해서 내가 어떤 도움을 받을 수 있는 것도 아닌데 괜히 걱정만 안겨주고 싶지 않았기 때문이다.

결과를 기다리는 3개월은 내게 견디기 힘든 인생 최대의 시련이

었다. 죽음을 눈앞에 둔 사람의 심정으로 살아야 했던 3개월이었다. 그리고 3개월 후, 진료 대기실에서 의사 선생님 면담을 기다리는데 입이 바짝바짝 마르고 손이 바들바들 떨렸다. 마침내 의사 선생님의 '선고'가 떨어졌다.

"걱정 많이 하셨지요? 이제 걱정 안 하셔도 되겠습니다."

결절 부위가 무슨 연유로 손상을 입어 생긴 상처인 것으로 확인되었다고 했다. 뛸 듯이 기뻤다. 이루 말로 표현할 수 없는 환희, 행복, 편안함, 고마움으로 진료실을 나섰다. 삶과 죽음이 종이 한 장 차이라더니 이렇게 가까이 있는 줄 몰랐다. 그렇게 진료실을 나서던 그때도 가을이었다.

역시 가을엔 국화다. 하얀 꽃잎을 달고 오밀조밀 모여서 화단에 꽃숲을 이룬 들국화의 자태는 보는 이의 마음을 설레게 한다. 함께 어우러져야만 그 빛을 발하는 작은 꽃들은 내가 좋아하는 꽃 종류다. 구절초도 그렇고, 쑥부쟁이도 그렇다.

만추의 정원엔 아름다운 가을 색 풍경뿐 아니라 풍요로움도 가득하다. 노랗게 익은 모과를 주렁주렁 달고 있는 모과나무는 파랗고 높은 가을 하늘을 배경 삼아 잘 채색된 수채화처럼 짙게 돋보인다. 왕대추나무는 작은 사과만큼이나 큰 대추 열매를 매달았고, 작년에 심은 어린 감나무엔 벌써 주먹만 한 대봉시가 다섯 개나 열려 탐스럽게 익어간다. 또한 무화과나무엔 잘 익은 무화과 열매가 배를 통통히 불린 채 거무스레한 모습으로 수확을 기다린다.

텃밭엔 덩치 큰 배추에 속이 노랗게 차오르고, 줄지어 심은 무도 잎과 함께 알뿌리가 튼실하게 잘도 자란다. 시금치는 늦은 파종에도 싹이 제대로 돋아 고랑이 제법 파릇파릇하다. 여름내 자란 고추는 풋고추를 식탁에 충분히 제공하고도 남아 빨갛게 익은 놈들은 채반에 널려 건조되고 있다. 아내에게 채집된 메리골드 노란 꽃잎은 대나무로 만든 소반에 담겨 햇볕 잘 드는 데크 난간에서 가을을 보낸다. 이놈들은 겨우내 우리 집 거실에 꽃차 향을 진하게 피울 것이다.

지금 나는 가을 색 가득한 정원에서 가을을 보고, 가을을 밟고, 가을을 줍는다. 가을에는 헤어지는 서운함도 있고 혼자 남겨지는 쓸쓸함도 있지만, 다시 채워질 희망을 기대하는 매력도 있다. 그래서 가을은 내가 가장 좋아하는 계절이 되었는지 모르겠다.

유붕 자원방래 불역낙호아

단독주택에는 허드렛일들이 참 많다. 이곳 세컨하우스에 처음 이사해서는 집 주변을 가꾸느라 정신없이 바쁜 시간을 보냈다. 터에 잔디를 깔고, 주차장도 만들고, 울타리에 묘목을 심고, 텃밭 상자도 만들고, 화단도 조성하고….

새로 이사한 때문이려니 하고 이 시기가 지나면 바쁘지 않을 줄 알았다. 그런데 그게 아니었다. 가만 보니 거주한 지 오래된 이웃들도 항상 바쁘게 움직이며 살고 있었다. 나무를 옮긴다거나, 잔디를 깎는다거나, 마당에 풀을 뽑거나, 디딤돌을 다시 정리하는 등….

이렇게 주택에서의 삶은 아파트의 생활과 달리 늘 허드렛일을 안고 살아야 한다는 것을 깨닫게 되었다. 그런 생활을 힘들어하고 피하려만 한다면 전원주택에서 살아갈 자격이 없다. 이것저것 손보고 고치고 하는 일들을 오히려 즐거워해야 전원에서의 삶을 행복하게 누릴 수 있으며, 그 또한 전원주택의 참맛이 아닌가 한다.

집 주변의 외관 공사가 웬만큼 마무리될 즈음에 내게도 그런 맛을 보여주기 위해서였는지 이번엔 우리 집 데크가 시공업체의 부실 공사로 인해 몇몇 부분이 망가져 수리를 해야 하게 생겼다. 마침 이런 분야에 문외한인 나를 돕기 위해 이 분야에 전문 기술을 가진 친구들이 우리 집으로 달려왔다. 나는 과연 친구들이 해낼 수 있을지 궁금해서 물었다.

"데크의 망가진 부분을 떼어내고 새 목재로 갈아 끼워야겠어. 전문가 없이 우리끼리 교체 가능한 걸까?"

"문제없어. 어렵지 않아. 우선 필요한 만큼의 교체할 목재부터 구입해 와."

나는 다행이다 싶어 우선 망가진 목재가 몇 개인지 세어 보고는 목재소로 가 방부목으로 개수만큼 구해왔다. 길다란 목재가 승용차에 실어지지 않으면 어쩌나 걱정했는데, 다행히도 의자 위로 뒤부터 앞쪽까지 이용하니 간신히 들어갔다.

목재소에 다녀온 사이에 두 친구는 데크의 망가진 부분을 떼어 들어냈고, 바닥이 훤히 들여다보였다. 바닥엔 철제 빔으로 버팀 구조물이 설치되어 있었고, 그 위에 목재를 놓고 나사로 박아 고정시키면 되는 일이었다.

친구 둘이서 새 목재를 끼워 넣고 자리를 잡으면 나는 전동드릴로 나사를 박는 일을 맡아 하기로 했다. 이전에는 이처럼 집을 고친다든가 하는 큰 노동 일을 해본 적이 거의 없다. 전동드릴을 이용하여 나사를 박는 일마저도 내게는 신통방통한 일이었다. 세컨하우스를 새로 꾸미고 관리하면서 새로운 노동 일을 많이도 배웠다. 잔디를 깎기 위해서 예초기를 다룬다든지 분무기를 등에 메고 소나무에 올라가 살충제를 뿌린다든지 난생처음 해보는 일들이 자꾸 생겨나고 있었다.

목재가 크기에 맞지 않아 잘라야 하는 일이 생겼다. 친구는 자신의 가방 속에서 전동 그라인더를 꺼내 목재 자르는 일을 순식간에 해치웠다. 나는 신기한 눈으로 친구를 바라봤다.

"와아, 이런 방법이 있었구나. 나는 톱으로 자르려 했는데."

"자네도 이제 전원주택 관리하며 살려면 하나씩 공구를 갖추고 이런 것 다루는 일들을 배워야 돼."

그랬다. 이 친구의 말이 맞다. 주택에서 살아보니 고치고 만들고 하면서 그때마다 전문가를 불러댈 수 없고 손수 해내며 살아야 하는 일들이 많았다.

전동 공구를 가져온 친구는 목재를 다루는 일에도 재미를 붙여 목재 학교에 가서 집 짓는 강습도 받고, 집 지어주는 봉사단체인 해비

타트 활동에도 참여할 정도로 솜씨가 수준급이다. 5층짜리 자신의 건물도 직접 지어 관리할 정도이니 전문가가 아니 될 수 없었을 것이다. 이 친구는 공구 다루는 일에도 능숙할 뿐 아니라 음악적 재능이 다분하다. 목소리가 굵고 좋아 노래를 부를 때도 성악을 전공한 사람들의 소리를 곧잘 낸다. 악기 다루는 데에도 취미가 있다. 플루트, 기타, 대금, 하모니카 등을 섭렵하더니 요즈음엔 색소폰을 배우느라 여념이 없다. 그런데 색소폰은 소리가 커서 집에서 연습하기 쉽지 않은 악기이고 보니 그 연습 소리를 매일 들어야 되는 부인이 거의 공해에 가까운 스트레스를 받고 있다고 하여 이 부부의 아슬아슬한 티키타카는 친구들을 즐겁게 했다.

다른 또 한 친구는 어려서 시골에서 자랐기 때문이라면서 들판의 식물들에 관심이 많다. 틈나는 대로 식물을 공부하더니 숲 해설사 자격증까지 따낸 걸어 다니는 식물도감이다. 함께 걷다가 생소한 식물이나 구분이 어려운 식물들을 발견하면 반드시 설명을 곁들여야 직성이 풀리는 성미를 가지고 있다. 이뿐 아니라 세상의 모든 일에 만물박사다. 시중에 떠도는 모든 이슈를 분석하고 설명하려 든다. 그러니 이 친구만 곁에 있으면 심심하지 않다. 오늘도 이 친구 덕분에 일하는 내내 시간 가는 줄 모르고 웃어댔다.

한 친구는 공구를 잘 다루고, 또 다른 친구는 대패질을 능숙하게 잘한다. 분야별로 재능있는 친구들의 도움을 받아가며 쉽지 않은 큰 공사를 잘 해낼 수 있었다. 같이 땀을 흘리고 수다를 떨어가며 데크 공사를 해내면서 친구들과 노동인지 놀이인지 모를 만큼 즐거운 하루를 보냈다.

유붕이 자원방래면 불역낙호아라(有朋이 自遠方來면 不亦樂乎아).

초보 농사꾼의 가을걷이

아내는 땅콩을 심어놓고 땅콩 식물은 속성상 줄기를 키워 땅에 다시 박고서야 열매를 단다는 이상한 정보를 얻어듣고는, 터가 좁아서 줄기를 옆으로 뻗어내지 못했으니 열매를 못 맺었을 거라며 늘 타박을 해왔다.

땅콩을 수확했다. 그런데 삽으로 푹 퍼서 들어 올리면 포기마다 잘 익은 땅콩 뭉치가 한 움큼씩 매달린 채 딸려 올라왔다. 아내는 옆으로 줄기를 뻗어내지 못했으니 땅콩이 열리지 않았을 줄 알았다가 오정보에 속았다며 계속 고개를 갸우뚱거렸다. 나야 주인마님의 지시대로 거름 주고, 물 주고 노역만 했을 뿐이니 그런 속성이야 알 턱이 없고.

아직도 농사를 잘 모르는 두 초보의 마구잡이 농사 일상이 우습기만 하다. 땅콩 거둔 자리에는 알타리무를 심었다.

가을은 수확의 계절이다. 감이며 무화과도 익어가고 고추는 붉게 물들어간다. 텃밭을 빙 돌아서 다녀오는 아내의 바구니에는 먹거리로 가득 채워져 있었다. 붉은 고추, 무화과, 대파, 상추, 부추, 메리골드 꽃잎까지.

붉은 고추는 말려서 고춧가루를 만들고, 메리골드 꽃잎은 말려서 꽃차 재료로 쓰겠단다.

그리고 화단으로 가서 꽃씨를 채집한다. 아무래도 내년 봄에는 네 얼굴을 다시 봐야겠다며.

엄마, 사랑하는 나의 엄마

울타리 옆 감나무에 붉은 대봉시가 주렁주렁 매달렸다. 감은 집 주변에서 자라는 올가을 마지막 과실이다. 재작년 겨울 극심한 추위로 감나무들이 냉해를 입어 작년엔 감을 달지 못하더니 올해는 꽤 많이 열렸다. 긴 장대에 망을 매달고 나무 위로 높이 올려 목을 뒤로 젖힌 채 이리저리 수색해가며 힘들게 감을 따냈다.

옛날에 엄마는 가을이면 감을 따서 장독에 넣어 보관하셨다. 감은 겨울을 보내며 장독 속에서 홍시가 된다. 공부하러 도회지로 나갔던 아들이 방학이 되어 돌아오면 엄마는 장독대로 가서 빨간 홍시를 내어 간식으로 주곤 하셨다. 딱히 군것질거리가 없던 그 시절에 엄마가 아들에게 해줄 수 있는 유일한 모정의 선물이었을 것이다.

항아리 속에서 추위에 꽁꽁 얼었다 녹기를 반복한 빨간 홍시는 샤베트처럼 먹기에 딱 좋았다. 다디단 홍시를 먹으며 오랜만에 만난 엄마와 도란도란 얘기를 나누곤 했던 어린 시절 그 추운 겨울밤은 엄마의 사랑으로 따뜻하고, 포근했다.

나는 14년 전, 아버지께서 작고하신 뒤부터 시골 생활을 하게 되었다. 마침 근무처가 시골 고향 집 가까이에 있었기에 주중은 시골집에서 출퇴근하며 홀로 계신 엄마와 함께 지내다, 주말이면 도심에 있는 우리 집으로 올라오는 방식으로 생활했다. 엄마는 아들과 살게 되니 적적하지 않아 좋고, 나는 통근길이 가까워져 좋았으니 서로가 윈윈한 삶이었다.

엄마는 낮에는 풀을 매고 텃밭을 가꾸다가 때가 되면 끼니 준비를 하셨다. 자식 끼니 챙기시려면 힘들지 않냐고 여쭙기라도 하면, 이렇게 말씀하셨다.

"내가 불 때서 밥허냐? 전기가 다 해주는디. 옛날에 비하면 일도 아니다. 반찬은 며느리가 다 해서 보내고, 뭣이 힘들다냐?"

나의 시골 생활을 아시는 동네 사람들은 내게 말하곤 했다.

"그 집 엄니는 좋으시겄어. 아들이랑 살으니."

"아들 끼니 챙기느라 힘드시겠지요."

"무슨 소리야? 엄니가 더 행복이지이."

이렇게 엄마와 함께 14년을 행복하게 살다가 엄마는 기다리셨다는 듯이 내가 은퇴하던 해의 봄날에 화장실에서 넘어지시어 거동이 불편하게 되고 말았다. 그때부터 엄마는 계속 누워서만 지내야 했고, 겨우 끼니때나 일어나 앉아 식사를 하고, 대소변도 부축을 받아야만 해결할 정도로 피폐해지셨다.

때맞추어 모두 직장에서 은퇴한 세 아들이 번갈아 이틀씩 시골 고

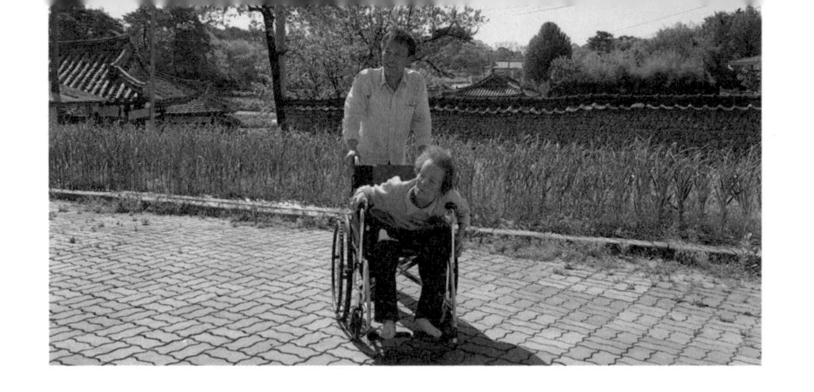

향 집을 오가며 요양보호를 하기에 이르렀다. 몸 가누기가 힘들고, 누군가의 도움을 받아야만 하는 어린 애처럼 되어버린 엄마를 돌보는 일이 여간 힘든 게 아니었지만, 나도 어린 애였을 때 이렇게 키우셨겠구나 하는 생각에 그동안 모르고 살았던 부모의 사랑을 깨닫게 되는 계기가 되었다. 돌아가시기 전에 이렇게라도 손길을 보태며 보은할 수 있는 기회를 주신 것이 오히려 고맙게 느껴졌다.

엄마는 당신 의지대로 못 움직이고 매사 부축을 받으면서 아들들을 귀찮게만 해야 하는 당신의 현실이 서러우신지 가끔씩 눈물을 훔치시곤 했다. 어느 땐 자식들에게 미안한 마음을 표현하시기도 했다.

"너그들을 성가시게 해 미안하다."

"뭐가 미안해? 엄마도 우릴 키우실 때 이렇게 안 하셨어?"

"그리 생각해주니 고맙다."

엄마는 이렇게 8개월 동안이나 거동이 불편한 탓에 편치는 못하셨으나, 다른 한편으론 다 나이 먹은 아들들의 사랑을 듬뿍 받으며 행복한 말년을 보내고 계셨다.

그러던 가을 어느 날, 엄마가 아침에 일어나시더니 갑자기 눈동자에 초점을 잃고 몸을 가누지 못하셨다. 곧장 병원으로 옮겼는데, 약한 뇌경색 진단을 받고 입원을 하셔야 했다. 점차 의식이 흐려지고 점점 정신줄을 놓으려 하셨다. 며칠째 상태가 나아지지 않고 호흡이 더 곤란해지자 담당 의사는 중환자실로 모실 것을 권유했다. 그러나 엄마는 워낙 연로하시어 회복을 기대하기는 어렵게 여겨지고 더욱이 코로나 시국이어서 면회마저 금지되는 상황에 중환자실로 간다면 그 길로 마지막이 될 수도 있을 것 같았다. 아들들은 의견을 모아 중환자실로의 이송을 사양하고, 할 수 있는 한 마지막까지 우리가 곁에서 보필할 수 있게 해달라고 부탁을 드렸다.

다행히 건의는 받아들여졌고, 주말 동안 엄마는 찾아오는 혈육들과 조우하는 시간을 갖게 되었다. 며느리와 손자, 손녀, 그리고 딸들과 사위들이 줄줄이 방문해서 눈을 마주치고 인사를 나누었다. 이별을 연습하는 것이다. 의사를 교환하면서 만나는 일상적 만남은 이미 불가능해졌으되, 마음으로나마 나누는 이런 만남마저도 이제 마지막이라 생각하니 한껏 슬프고 안타까운 시간이었다.

이후 하루하루 살얼음판을 걷는 위중한 시간이 이어졌다. 아무런 도움도 못 드리고, 회생의 기대도 없이 무작정 호흡이 가쁘고 위중한 엄마의 모습을 그냥 지켜만 보아야 하는 것이 자식들에겐 고문처럼 느껴졌다. 조금이라도 편안한 모습으로 지내시다가 아무런 고통 없이 당신도 모르게 조용히 눈을 감으셨으면 하는 바람뿐이었다. 회복하시어 일어나시길 기대하지 못하고 이렇게 기도할 수밖에 없게 돼버린 현실에 마음이 아팠다.

그러던 어느 날 한밤중에 더 버티지 못하고 힘들어하시자 담당 의사는 마음의 준비를 하라며 1인실로 옮기자고 했다. 1인실에서는 매 시간이 불안했다. 호흡도 좋아졌다 나빠졌다를 반복하셨다. 지켜보는 자식들은 애간장이 녹았다. 금방이라도 돌아가실 듯 가쁘게 몰아쉬는 호흡 소리, 수시로 체크되는 간호사의 산소포화도, 병실은 그야말로 천국과 지옥을 오가는 긴장감으로 하룻밤에도 몇 번씩 가슴을 쓸어내렸다.

생사를 넘나드는 고생을 하시던 엄마는 의료진들의 극진한 치료 덕분에 겨우 호흡이 나아지고 이내 조금씩 안정을 되찾으셨다. 중환자실로의 이송을 마다하고 곁에서 자식들이 간호하기로 고집했던 건 탁월한 선택이었다. 그간 이렇게라도 회복하시어 거동은 못 해도 편안하게 호흡하며 의식을 되찾으신 엄마를 곁에서 지켜볼 수 있게 되었으니 자식들로서는 천만다행이 아닐 수 없다.

아무 소리도 들리지 않는 적막한 병실. 침대 위에서는 산소를 공급하는 호스가 연결된 마스크가 얼굴을 감싸고 있고, 식사와 약을 공급하는 호스가 주렁주렁 매달려 엄마의 몸을 휘휘 감으며 연결되어 있고, 산소 포화도를 측정하는 기계는 엄마를 바라보고서 그래프가 오르락내리락하며 간혹 삐삐 소리를 내면서 보는 이의 가슴을 철렁 내려앉게 하기도 한다. 엄마는 몸조차 움직일 수 없어 누운 상태로 천장만 바라보며 미동도 하지 않는다. 주머니에서 휴대폰을 꺼내어 엄마가 키워내신 5남매가 함께 찍힌 가족사진을 보여드렸다. 한 명씩 확대하여 보여드리며 설명도 덧붙였다.

"엄마, 이게 누구야? 이거는 큰딸이고, 이거는 막내딸. 막내딸 이름이 뭐야? 엄마, 왜 암말도 안 해?"

눈동자는 제대로 움직이는 것 같은데, 사진 속 자식들의 얼굴을 알아보시는지는 알 길이 없다. 사랑하는 자식들의 모습을 기억 속에 깊이 담아가시라는 뜻에서 보여드리고 또 반복해서 보여드렸다. 그러나 엄마는 아무런 말씀이 없으시다. 눈물이 핑 돈다.

이렇게 긴박한 시간을 보내고는, 엄마는 우리와 의사소통을 하지 못하시는 상태에서 담당 의사의 권유로 요양병원으로 전원되었고, 겨우 호흡만 하시는 정도로 산소호흡기 등 의료 보조시설에 의존한 채 극심한 상태의 요양을 받으시다 지난겨울 조용히 눈을 감고 우리 곁을 떠나셨다.

엄마가 떠나신 후 시도 때도 없이 불쑥불쑥 엄마의 모습이 떠오른다. 그리고 소스라쳐 놀라면 여기저기서 엄마 냄새가 스멀스멀 밀려와 나를 다독인다. 눈을 감고 조용히 되뇌어 본다. 엄마는 이 세상에 태어나시어 행복한 소풍이었을까. 아니면 마지못해 살아낸 처절한 아픔의 세월이었을까.

수확의 계절, 친구들과 정을 주고 받다

무리 지어 노닐던 고추잠자리도 자취를 감추고 사라졌다. 텅 빈 하늘이 더없이 맑고 높다. 계절이 바뀌어 간다. 미처 오지 않은 계절의 기운을 화단의 식물들이 먼저 알아차린다. 꽃들은 씨방을 불려 번식에 대비하고, 나무들은 가지를 곧추세우고 몸통을 두텁게 키운다. 겨울을 대비함이다.

아직 화단을 지키고 있는 가을꽃들에게 위로와 격려를 보내면서 이제 슬그머니 손을 흔들어 치열했던 계절들을 전송할 때이다. 그동안 코로나바이러스 감염병으로 인한 사회적 거리두기로 만나지 못했던 친구들이 코로나 감염병 확산이 조금씩 완화되면서 모처럼 우리 세컨하우스로 모였다.

시골에 사는 친구 K는 다래를 가져왔다. 쉽게 맛보기 힘든 귀한 열매다. 이 친구는 은퇴하자마자 고향으로 내려갔다. 고향에 비닐하우스를 설치하고 파프리카 농장을 운영하면서 제법 큰 농사를 하고 있다. 시골 출신이면서도 귀공자처럼 자라서 농사는 지어보지도 않았고, 학창 시절에도 한량처럼 노는 데만 열중했던 친구라서 처음에는 농사를 짓는다는 게 믿기지 않았다. 그러나 지금은 어엿한 농장주로서 수입도 꽤 탄탄한 정년 없는 삶을 살아가고 있는 친구다. 그가 고향 뒷산에서 채집했다며 깊은 산골이 아니면 얻을 수 없는 귀한 열매, 다래를 가져온 것이다.

S는 건물 옥상에서 재배했다며 옥수수와 고구마를 구워 왔다. 맛도 있고 영양이 가득한 간식거리들이다. 이 친구는 부모로부터 큰 유산을 물려받아 도심지에 빌딩을 지어 임대사업을 하고 있는데, 세입자들의 요구에 따라 이것저것 수리하다 보니 집수리 솜씨가 웬만한 기술자보다 나은 전문가 수준이다. 악기 다루는 재주가 뛰어나 이 악기 저 악기를 두루 섭렵하였으나 요즈음엔 특히 클라리넷 연주에 매료되었는데, 주중에는 동호인들과 연습실에서 호흡을 맞추고, 주말이면 한적한 시골로 찾아다니며 마음껏 연주하면서 연말이면 큰 공연장에서의 공연을 준비하느라 기대에 부풀어 있으며, 매사 액티브하면서 긍정 에너지가 넘쳐나는 친구이다.

B는 텃밭에서 길렀다며 무와 갓을 한 보따리 가져왔다. 이 친구는 간부 사관 출신으로 장교로 예편해서 일찍이 컴퓨터를 배워 은행에 컴퓨터 시스템이 보급되면서 유지보수 업무를 맡아 승승장구하다가 IMF를 맞아 설 자리를 잃고 그때부터 시골로 들어가 부모님이 지어 놓은 주택을 관리하고, 작은 회사에 파트타임으로 일하기도 하면서 여생을 보내고 있다.

친구들의 삶이 다양한 것처럼 친구들이 가져온 먹을거리들도 다양하여 식탁이 풍성해졌다. 아내는 친구가 가져온 다래, 옥수수, 고구마와 우리 화단에서 딴 무화과를 식탁에 차렸고, 무를 채로 썰어 생채 무침으로 만들고 갓은 양념에 버무려 금방 갓김치로 만들어 냈다. 또한 텃밭에서 부추를 뽑아다 부추전도 부쳐 냈다. 포틀럭 파티(potluck party)가 되었다.

우리 부부는 우리 집을 방문하는 친구들에게 무엇을 선물할 것인가 고민하다가 농사지은 쌀로 떡을 빚어 나눠 먹으면 좋겠다고 아내가 제안했다. 좋은 생각이었다. 그래서 친구들이 도착하는 시간에 맞춰 방앗간에 가서 쌀로 하얀 가래떡을 뽑아 왔다. 돌아가는 길에 김이 모락모락 나는 먹기 좋은 떡을 조금씩 나눴다. 우리 집 대추나무에서 수확하여 가을 햇살에 꼼꼼히 말린 대추도 한 움큼씩 나눴고, 내가 농사지어 추수한 햅쌀도 한 보따리씩 나눴다.

수확의 계절을 맞아 우리 집에는 정도 듬뿍하고, 사랑도 가득했다. 밖에는 코스모스 하늘거리고 억새가 하얗게 피어 햇살에 눈이 부시게 반짝인다. 아름다운 풍경 속에 마음마저 풍요로워 살맛 나는 계절이다.

퇴자, 아빠 카메라 꺼낸다

아빠 생일이라고 아이들이 모였다. 옛날 집안 대소사 때마다 우리 부모님들의 만류가 떠올랐다. 바쁜데 뭐하러 오려느냐고 했던. 그러나 이 말에는 두 가지의 진실이 숨어있다. 금쪽같은 자식들이 보고 싶어 찾아왔으면 하는 기대와, 먼 걸음 피곤할까 봐 굳이 오지 말았으면 하는 배려심이 그것이다. 아무리 가족이라 할지라도 객지에 흩어져 살면서 얼굴 보고 만나지 않으면 먼 이웃과 다름없을 터이니 가능한 한 자주 만나야 한다. 다행스럽게도 이러저러한 여러 행사를 핑계로 틈틈이 가족들이 함께 만나기를 염원하는 우리 아이들이 기특하다.

큰딸아이는 이런저런 가족 모임을 주선하며 동생들을 불러 모으는 일에 앞장선다. 명절은 물론이고, 엄마, 아빠 생일이며 가족 여행, 그리고 저희끼리만의 남매 여행까지 핑계만 되면 함께 모이곤 한다. 무슨 날이 대순가? 얼굴 맞대고 어떤 주제로든 떠들고 웃으면서 부

대끼는 중에 우애는 그냥 켜켜이 쌓이겠지.

세컨하우스에 모인 아이들이 만나자마자 수다 삼매경에 빠졌다. 막내인 아들은 늘 대화에서 주도권을 잡는다. 한 에피소드를 소개하면서도 기승전결이 뚜렷하고 반전을 잘 적용하여 설명하다가 열심히 귀 기울여 듣고 있던 누나들을 갑자기 폭소케 하는 재주가 있다.

"뭐야아."

"아고, 웃긴다."

그래서 엄마도 알고, 아들도 아는 이야기를 엄마가 설명하려 하면, 누나인 큰딸 아이가 "유수야, 네가 말해 봐."라고 할 정도로 말할 기회를 동생에게 넘기며 동생의 말솜씨를 신뢰한다.

큰아이는 차도녀다. 마음은 따뜻한데도 외향은 빈틈없이 반듯한 이미지여서 차갑게 보이는 아이다. 어렸을 때 유치원에 데려다 줄 때에도 뭔가 못마땅해서 집에서 징징 울면서 집을 나섰다가도 엘리베이터를 타고 이웃 어른들과 마주치면 언제였냐는 듯이 눈물을 뚝 그치는, 꼬맹이답지 않을 정도로 때와 장소를 가릴 줄 아는 철두철미한 아이였다. 지금도 길을 걸을 때에는 꼿꼿이 서서 어깨를 반듯이 세우고, 한 치의 흐트러짐도 없이 걷는다. 걸음걸이뿐 아니라 삶의 여정도 그러해서 진로에도 목표가 뚜렷하고, 자기 계발에도 꾸준히 열정적이다. 하고자 하는 일에는 어떤 난관도 이겨내고, 해서는 안 되는 일에는 곁눈질도 하지 않는 똑바른 아이로 자랐다.

둘째 딸아이는 천방지축 어디로 튈지 모르는 아이였다. 호기심도 많고, 모험을 두려워하지 않으면서 말썽을 안고 자란 아이다. 피아노 위로 올라가 떨어지는 사고, 길에서 자전거 타는 아이와 부딪힌 사고, 유치원에서 돌로 장난하다 이마를 찢어낸 사고 등 헤아릴 수 없이 많은 사고로 엄마, 아빠를 놀라게 한 아이였다. 어려서는 생김새도 남자아이처럼 생겨 언니와 손잡고 다니면 딸과 아들이냐고 물었을 정도였는데, 커가며 여성스러워지더니 탤런트 김고은과 너무 닮아 사람들이 연예인으로 착각할 만큼 예뻐졌다. 사람을 챙기는 일이 자신의 책무보다 우선일 정도로 사교성이 뛰어나고 배려와 양보하는 성품이 몸에 배어 우정 돈독한 친구들이 줄을 설 만큼 마음이 따뜻한 아이다.

막내아들은 엄마가 '감동이'라는 애칭으로 불렀을 만큼 엄마에게 감동을 준 아이다. 누나 둘을 낳고 태어난 아이라서 어른들로부터 사랑을 독차지한 것은 말할 필요도 없지만, 외모도 수려해서 보는 사람마다 외모만을 언급하곤 하니 오히려 다른 좋은 캐릭터가 가려질까 염려스러워하는 아이다. 어려서는 컴퓨터 게임에 빠져 그 착하던 아이가 엄마의 통제에 귀먹은 사람처럼 못들은 척하고 게임에만 몰두하곤 해서 부모의 걱정이 하늘을 찌르기도 했었다. 보통의 사내아이처럼 집에서는 과묵하고 조용한 아이인데, 친구들 사이에서는 수다로 좌중을 압도한다는 믿어지지 않는 이중적 행태를 보이는 아이이기도 하다. 지금은 누나들 틈에 끼어 어느 땐 세 자매로 보일 만큼 잘 어울리며, 누나들이 예뻐하고 의지하는 듬직한 아이로 자랐다.

아이들은 데크의 야외 테이블 위에 생일 파티를 준비했다. 파티래야 케이크와 꽃다발, 그리고 선물과 덕담이 전부다. 가족은 얼굴만 맞대고 있어도 서로에게 힘을 주는 존재이니 뭐가 더 필요할까만, 아이들에게 아빠의 생일은 무슨 의미일까 하는 생각이 들었다. 부모를 봉양했으면서도 자식에겐 봉양 받지 못하는 낀 세대인 아빠 세대를 이해는 하는 것일까. 아이들이 부모에겐 보배와도 같은 존재인데 그들의 역할을 염려하자니 내가 부모의 은혜에 충분히 보답하지 못한 자책에 '부모만 한 자식 없다.'는 속담이 그냥 생긴 말이 아닌 것 같아 모두 부질없는 염려로 결론 짓고 만다.

마침 늦가을 파란 하늘 속으로 앞산의 활공장에서 뛰어오른 수많은 패러글라이더들이 창공에 수를 놓듯 날아다니는데, 마치 축제장에 에어쇼를 보여주려고 비행기에서 낙하산을 타고 쏟아져 내려오는 것 같았다.

"아빠 생일 축하 쇼 하나 보네."

"와아, 우리도 저거 타보자."

아이들은 이구동성으로 탄성을 질렀다. 내년엔 패러글라이더를 타고 하늘 위를 나르면서 창공에서 우리 집을 내려다보는 짜릿한 체험을 해보자고 약속하며 기대에 부풀었다.

생일 축하 파티가 끝이 나고, 거실로 들어와 온 가족이 영화 관람을 했다. 이곳 세컨하우스에서는 방으로 들어와 스크린을 설치하고, 커튼을 내려 암막 장치를 하면 금방 영화관이 된다.

큰딸아이는 지난여름 아빠에게 빔프로젝트와 스크린을 선물했다. 세컨하우스에서 적절하게 사용될 거라 생각했던 듯하다. 그 아이의 뜻은 적중했다. 영화는 TV 모니터를 통해서도 볼 수 있지만, 아무래도 스크린에 비춰줘야 제맛이다. 가끔 세컨하우스에서 숙박하는 날이면 빔프로젝트와 스크린을 설치하여 아내와 함께 영화도 보고, 여행지에서 찍어온 영상들도 보면서 영화관 기분을 내곤 한다. 한 번은 친구들 모임에서 섬진강으로 캠핑을 갔을 때, 세팅하여 야외에서 한밤중에 영화를 보여줬는데 모두들 색다른 체험이었다며 만족해 했다.

오늘 관람할 영화는 아빠가 소장하고 있는 특별한 영상이다. 아이들 어렸을 때의 일상을 틈틈이 기록해 놓은 동영상이다. 나는 예전에 아이들이 자라며 성장해가는 과정을 영상으로 남기고 싶어 캠코더를 구입했었다. 그런데 이 캠코더가 그 시절엔 소형화 기술이 부족했던 터라 지금의 방송국 촬영팀이 어깨에 걸치며 찍는 비디오카메라 정도의 크기였으니, 촬영하는 것이 보통 번거로운 것이 아니었다. 그럼에도 틈이 나는 대로 캠코더를 꺼내 아이들의 성장 과정을 고스란히 기록으로 남겨두었다. 지금 손바닥에 들고 다니는 휴대폰

의 동영상 촬영 기능이면 이런 작업들이 얼마나 수월했을까 생각하면 격세지감을 실감한다.

자기들의 어린 시절 모습을 영상으로 보면서 아이들은 과거로의 시간 여행을 떠난다.

"아고, 귀여워어~~"

"저게 나야? 내가 왜 저랬지?"

"너 나빴다. 엄마 힘들었겠네."

겨우 몸을 뒤집으려고 세상 안간힘을 쓰는 갓난이의 모습, 누나의 실내 자전거에 오르려고 아장아장 걷다가 나자빠지는 동생, 피아노 건반 한번 눌러보려 의자 위로 오르려 애를 쓰는 모습, 세수하지 않으려다 엄마에게 혼이 나는 장면, 씻으러 들여보낸 욕실에서 거품으로 난장판을 만들고 있는 모습이며, 어질러져 아수라장이 된 거실에서 이리 뛰고 저리 뛰는 개구쟁이의 모습들을 보면서 자신들의 모습이라고 믿기지 않는다며 어이없어하기도 하고, 아슬아슬한 행동에 가슴을 졸이기도 하면서 요즘 TV의 육아 예능프로그램을 보는 양 즐거워하며 연신 웃음꽃을 피운다.

이런 시간이면 그 육중한 캠코더를 꺼내 들고 불편했으면서도 기록으로 남기려고 애를 썼던 시간들이 뿌듯한 보람으로 다가온다. 이 소중한 기록들은 내가 아이들에게 남겨줄 수 있는 최고의 선물이 아닐까 한다.

이어서 우리 집 인근에 있는 들녘으로 나가 가족사진을 찍자고 제안했다. 아름답게 펼쳐진 넓은 황금 들녘 사이의 농로를 따라 아이들을 걷게 하고, 이렇게 저렇게 사진을 찍다가 불현듯 오래전 일이 떠올랐다.

아이들이 어렸을 때의 일이다. 수영장엘 가야 한대서 승용차로 데려다주고 와야 했다. 아이들을 수영장 주차장에 내려주고는 수영장으로 들어가는 모습을 사진에 담고자 아이들을 불러 세우며 차 트렁크에서 카메라를 꺼내려 했다. 그때 큰딸아이가 대뜸, "얘들아, 튀자,

아빠 카메라 꺼낸다." 하며 동생들을 데리고 달아나 수영장으로 사라져 버리는 것이었다. 카메라를 꺼내 들던 나는 달아나는 아이들을 보면서 황당하기도 하고, 헛웃음이 나왔다. 그동안 아빠의 사진 모델을 하면서 반복하고 강요하는 일이 얼마나 힘이 들었으면 아빠가 카메라를 꺼내는 모습만으로도 도망으로 사진 모델을 회피하려 했을까. 물론 싫증을 느끼는 줄은 알고 있었지만, 그 정도일 줄은 몰랐었기에 새삼 놀랐다.

나는 아이들이 태어나면서부터 아이들의 모습을 꼼꼼히 사진에 담아왔다. 필름 카메라를 사용하던 아날로그 시대부터 디지털카메라가 등장한 지금까지 내 카메라 속에 아이들의 성장 과정은 빠짐없이 기록되어 있다. 스냅 사진도 많이 찍었지만 특별한 가족사진도 기획하고 찍었다. 매년 같은 날짜에, 같은 장소에서, 같은 모습으로 가족사진을 찍어봐야겠다고도 마음먹었다. 만약 이 기획이 흔들림 없이 성공한다면, 이 시리즈 가족사진은 한 사람의 온 생애를 통하고서야 한 편의 작품이 완성될 수 있는 일생일대 최고의 작품으로서 외부에 전시해도 될 만큼 매우 소중하고 값진 사진이 될 수 있을 거라

생각했다. 그리고 이 가족사진 작업을 한동안 꾸준히 시행했다. 그러나 아이들이 커가면서 집을 떠나 객지로 나도는 아이들을 한자리에 함께 모이게 하는 일이 쉽지 않아 중도에 포기하고 말았다. 그래도 의도된 큰 프로젝트는 중단했지만, 모든 가족이 함께하는 사진들은 수시로 카메라에 담아왔다. 집에서, 카페에서, 리조트에서, 심지어 산에서도, 해외 여행지에서도 장소를 가리지 않고 가족들이 함께 모이는 곳이면 언제나 멋진 가족사진을 담아냈다. 지금은 아이들이 커가면서 사진에 대한 아빠의 의도를 간파하고 적극 협조하고 있다.

이렇게 찍은 가족사진들은 우리 집 가족의 역사가 되어 남았다. 사진은 가족을 하나로 묶어내는 최적의 매개체라 생각한다. 끈끈하게 부대끼며 살아온 과정의 흔적이 정을 더욱 돈독하게 할 것이기 때문이다.

아빠의 생일을 핑계로 흩어져 살던 아이들이 한데 모여 가족 간의 정을 듬뿍 누리며 보낸 흐뭇한 하루였다. 모일 때마다 시끄럽게 웃어젖히고, 서로를 아끼고 토닥이는 모습이 부모 눈에는 은은하게 익어가는 가을빛 받은 과일마냥 이쁘기만 하다.

아, 살맛 나!

또 한 해가 지나간다. 농부가 농사일을 마치니 드는 생각이다.

유독 가뭄이 극성이던 올봄에 모심을 논에 물을 대지 못해 맘을 졸이다 올 농사를 포기할까도 고민했는데 천지신명의 도움인지 모내기 당일에 단비가 내려 겨우 모내기를 마쳤고, 뙤약볕 한여름에 들판을 오가며 논에 물이 부족하지는 않은지 노심초사했으며, 쑥쑥 자라 논길을 덮어버릴 만큼 키가 훌쩍 커버린 논둑의 잡초 때문에 예초 작업을 여러 번 하는 등 수없이 많은 농부의 발자국을 남기고서야 벼가 익어 고개를 숙이며 황금 들녘으로 변했고, 드디어 추수를 마치는 환희의 순간을 맞았다.

수확한 벼는 정미소로 운반하여 도정을 한다. 벼가 정미소의 벨트를 타고 높은 곳까지 오르락내리락하면서 도정이 마쳐지면 하얀 쌀이 폭포수처럼 콸콸 쏟아져 나온다. 쏟아져 나오는 하얀 쌀이 푸대에 담겨 차곡차곡 쌓이는 것을 보면 그동안의 노고가 순식간에 사르르

녹는다. 이것이 농부의 마음이 아닌가 한다.

도정한 쌀은 형제들, 친척들과 나눠 먹기 위하여 택배사로 운반해서 경향 각지로 운송된다. 택배를 보내놓고는 쌀을 받고 좋아하실 모습에 참으로 뿌듯하고 기분이 좋다. 또 내친김에 내가 직접 농사지은 햅쌀을 작은 봉투에 조금씩 담아 막 도정했으니 맛 좀 보시라고 마을 이웃들에게도 돌렸다.

이보다 더 즐거운 일이 또 어디 있겠는가. 이런 기쁨을 누리려고 그동안 땀을 흘리며 고생한 거 아니겠어? 아, 살맛 나!!

가을밤에 타오른 불꽃 사랑

"잘 지내시지요? 세컨하우스에 화단 많이 가꾸셨어요? 꽃구경 가고 싶어요."

은퇴하기 직전 학교에서 같이 근무했던 후배 교사 C 씨에게서 온 전화였다.

"그럼, 좋고말고. 방문해 주면 나야 반갑지. 보고 싶은데 잘됐네."

은퇴한 나를 위로하고, 오랜만에 만나 옛정을 나누고 싶어서라면서 함께 근무했던 동료들이 지금은 뿔뿔이 흩어져 각자 다른 학교에서 둥지를 틀고 근무 중인데, 서로 연락하여 모두 함께 찾아오겠다고 한다. 은퇴할 때 나중에 한번 찾아오겠노라고 지나치는 말로 했던 약속을 지키려는 것일 텐데, 바쁜 현대인들이 자신들의 일정마저 미루고 떠난 사람을 찾아주겠다는 마음이 여간 고마운 것이 아니다.

나는 현직에 있을 때 회갑을 맞았다. 요즈음이야 회갑이 무슨 대사도 아니지만, 옛날에는 오래도 살았다고 훈장처럼 여기는 특별한 행사였다면, 지금은 '인생은 60부터'라 하여 새로운 인생의 시작을 축하하고 격려하는 정도의 의미를 갖는 생일날인 것이다.

어느 가을날, 특별실에서 근무하고 있는 내게 교무실에서 바로 내려오라는 전갈이 왔다. 무슨 회의라도 있는 것인가 하는 마음으로 급히 내려가 교무실 문을 열고 들어섰는데, 갑자기 폭죽이 터지고 생일 축하 케이크가 등장하고 선생님들이 일제히 박수를 치면서 내 회갑을 축하하는 서프라이즈 파티를 마련한 것이었다. 무슨 영문인지도 모르고 나타난 내게 고깔모자를 씌우며 중앙에 앉히고는 파티가 진행되었다. 블루투스 스피커에서 축하 송이 울려 퍼지며 선생님들이 일제히 따라 불러주는 축하 노래로 교무실은 축제 분위기였다. 큰 선물까지 받았다. 어느 한 분이라도 반대하면 이루어질 수 없는 자발적 행사라는 걸 잘 알기 때문에, 나는 선생님들의 진심에서 우러난 마음에 울컥했다.

"고맙고, 고맙습니다. 나는 38년 교직 생활 동안 교무실에서 이런 회갑 파티의 풍경을 한 번도 본 적이 없습니다. 세상에 어떻게 이런 축하를…. "

나는 감정이 복받쳐 말끝을 흐리고 말았다.

선생님들께서는 나의 은퇴 시기가 2년 뒤라는 사실을 알게 되고는 회갑을 짐작했고, 은밀히 행정실의 도움을 받아 생일을 알아내서 준비했다고 한다. 그리고 축하 케이크를 준비하신 선생님, 선물을 준비하신 선생님들로 나뉘어 뜻을 모아 파티를 준비했다고 하니 그야말로 감동이 아닐 수 없었다.

그리고 이듬해에 또 한 번의 감동 스토리가 이어진다. 나는 『자동차로 떠나는 발칸반도 여행』이라는 여행기를 출간하고는 시내 모처에서 출판기념회를 갖기로 했다. 행사를 준비하고 진행하는 데 많은 사람의 도움이 필요했다. 그런데 행사 처음부터 끝까지 우리 선생님들이 모두 발 벗고 나서서 도와주셨다. 사회를 봐주신 선생님, 꼬맹이 자녀들과 함께 특별 공연으로 바이올린 연주를 해주신 선생님, 입구에서 손님을 맞아주시는 선생님, 사인회에서 보조를 담당해주신 선생님 등, 마치 학교 행사처럼 모든 일을 분담하여 도맡아 주셨다. 휴일인데도 자신들의 일정을 비우고 동료의 개인 행사장에 나와서 도움을 주겠다는 마음은 결코 쉬운 일이 아니다. 그날 하필 날씨마저 무덥기 그지없었는데, 생각하면 할수록 나는 행복한 사람이었다.

내게 이런 감동을 안겨주며 가족처럼 함께 지냈던 동료 직원들이 우리 세컨하우스를 찾아온다 하니 손님을 맞는 내가 얼마나 기뻤겠는가. 전화를 받는 순간부터 마음이 설렜다.

"선생님, 우리가 모처럼 만나는 것이니 그곳에서 하룻밤 자면서 놀고 올 거예요."

"아. 그래? 그럼 더 좋지. 벌써부터 기다려지는 걸."

날씨가 차가울 수 있으니 따뜻하게 입고, 이불이 다 준비되지 못했으니 침낭이나 얇은 담요 하나씩 준비하면 좋겠다고 했다.

"준비가 덜 된 펜션이야. 하하하."

"네. 그날 뵙겠습니다."

전화를 끊고, 나는 우리 집을 방문하는 손님들을 어떤 방법으로 대접하면 방문한 시간이 즐겁고 보람이 있을까 하고 곰곰 생각해 보았다.

사진 찍기를 좋아하는 나는 학교에서 근무할 때 선생님들의 사진을 자주 찍곤 했다. 교정에 꽃이 피거나 예쁘게 단풍이 드는 계절이면 선생님들을 불러내서 사진을 찍어 드렸고, 현장 학습을 가거나 친목 여행을 가서는 스냅 사진을 도맡아 찍어왔다. 또한 학교에 행사가 있거나 수업 장면까지도 틈나는 대로 사진에 담았다.

선생님이 다른 학교로 발령이 나서 전근을 가는 경우에는 그동안 같이 근무하던 기간 동안 내 카메라에 담긴 선생님의 모습을 전부 정리하여 한 권의 '사진첩'으로 만들어 선물해 드리곤 했다. 학교를 떠나시는 선생님은 그러잖아도 발길이 떨어지지 않을 정도로 아쉬운 마음일 텐데, 전임교에서의 추억이 오롯이 담긴 사진첩을 갖고 가게 되는 것이니 썩 괜찮은 선물이 되지 않았을까.

그런 연유로 내 컴퓨터 폴더 속에는 나와 같이 근무했던 동료 선생님들의 사진들이 아직도 그대로 남아 있다. 그 사진에서 아이디어를 얻어냈다. 선생님들과 같이 근무했던 기간 동안의 사진들을 영상으로 만들어 방문하는 날 밤에 같이 관람하면 좋을 것 같았다. 바로 작업에 들어가서 사진과 동영상 등을 샅샅이 뒤져 함께 추억해보면 좋을 만한 영상들을 골라냈다. 그리고 시간대별로 묶어서 여러 번의 편집을 거쳐 드디어 한 편의 영화로 엮어냈다. 완성된 작품을 나 혼자 시사회를 해보면서 분명 반응이 좋을 거란 생각이 들었으며, 이 영상을 보고 즐거워할 동료들을 생각하며 벌써부터 마음이 흐뭇했다.

며칠 후, 반가운 얼굴들이 세컨하우스로 속속 도착했다. 숙박 준비로 캐리어에 간단한 짐들을 챙겨 들고 나타났다.

“와, 좋아요. 꼭 여행 온 것 같아요.”

“여행 왔지. 지금부턴 주인한테 뭐가 어디 있느냐고 묻지 마. 펜션에 왔으니 뭐든 알아서 찾아 사용하고, 편하게 지내다 가도록 해. 이제부턴 나도 같이 여행 나온 일행이야. 알았지?”

“네에~~”

이렇게 간단한 ‘입소식’을 마치고, 나는 슬그머니 ‘펜션 주인’에서 ‘투숙객’으로 역할을 바꿔버렸다.

“앗싸, 우리가 이 방 써야겠다.”

“남선생님들은 계단을 오르내리는 2층으로 가시라 해.”

“과일 어딨지? 누가 씻을 거야?”

“와인은 어디다 두지? 냉장고에 넣어 시원하게 해서 마셔야 할까?”

선생님들은 장을 봐온 과일이며 먹거리들을 정리하느라 시끌벅적 요란했다. 오늘의 총무 격인 젊은 여선생님 C 씨는 캠핑 마니아이다. 평소 캠핑 다니며 사용하던 도구들을 차에 싣고 와 마당에 내려놓았다. 그리고 남선생님들에게 불멍 화로의 설치를 주문했다.

”누가 여기 마당 가운데에 불 피울 자리 좀 마련해주세요.“

”아. 불은 내가 피울게, 내가 불 전문이잖아.“

남선생님 K 씨는 나서서 화로에 장작을 넣고 불멍 화로를 설치하

기 시작했다. 나는 방으로 들어가 빔프로젝트와 스크린을 가지고 나와 불멍을 하면서 영상을 감상할 수 있도록 적당한 위치에 세팅을 마쳤다. 이렇게 각자 역할들을 분담하여 우리들의 만남 파티가 준비되었고, 어느새 해는 붉은 노을을 만들어 내면서 서산으로 기울어 날이 점점 어두워졌다.

저녁 식사를 마치고, 모두 마당으로 모였다. 불멍 화로에 불이 붙여지고, 화로를 중심으로 빙 둘러앉았다. 우선 와인을 한 잔씩 따라서 건배를 하며 그동안 못 만났던 회포를 풀었다.

"와아, 정말 오래간만이에요."

"선생님은 이사했다며? 어디로 가신 거예요?"

"선생님네 학교는 어때요?"

"박 선생님이 우리 학교에도 순회 근무를 오신다니까."

"그래요? 재미있겠다."

선생님들의 안부 이야기가 계속 이어진다. 만남이란 이렇게 즐거운 것이다. 내게도 오랜만에 만나는 인사가 이어졌다.

"선생님, 여기 화단을 엄청 이쁘게 가꾸셨어요. 얼마나 고생하셨을까요."

"아, 내가 한 게 아니고, 우리 마나님이. 난 머슴이야."

"하하하."

선생님들이 마음을 녹이며 정을 나누는 동안 불꽃은 계속 타오르면서 가을밤이 포근하게 깊어져 갔다. 만남의 정이 한껏 무르익을 즈음, 나는 준비된 영상을 스크린에 비추어 우리들의 지난 과거를 회상해보는 시간을 제공했다. 선생님들은 이미 몇 년이 흘러 옛날의 모습이 되어 버린 자신들의 과거 사진들이 낯설게 느껴지는지 탄식이 흘러나왔다.

"아, 저런 시간도 다 있었네?"

"저때만 해도 저렇게 젊었는데…."

아이들과 함께 뛰고 달리던 체육대회, 고사리 같은 손으로 만들어 낸 떡볶이 시식 시간, 탁구 전국 8강의 기적을 이루고 제주도까지 가서 대회에 참가했던 일, 목이 터져라 응원하며 체험했던 야구장, 농구장의 현장 체험 학습, 날아갈 것 같은 강한 바닷바람을 맞으며 밤새는 줄 모르고 즐겼던 여수 밤바다에서의 직원 여행, 그리고 강원도 자작나무 숲과 경주로의 직원 워크숍 등 과거의 추억들이 하나둘 소환되면서 선생님들은 기억의 늪으로 깊이 빠져들었다. 맑은 밤하늘에 별이 총총 반짝이는 마당에서 스크린에 비춰지는 아득한 옛 모습들을 감상하는 시간이야말로 선생님들에게는 진한 여운을 남기는 소중한 시간이었음이 분명하다.

불멍 화로의 장작불이 사그라들 즈음, 캠핑 세대인 젊은 여선생님은 또 하나의 이벤트가 남아 있다며 센스있게 준비해 온 불꽃 막대

스파클라를 꺼냈다. 모두에게 불꽃 막대를 하나씩 나눠주고 불을 붙여 마음껏 흔들어 보라 했다. 불이 붙은 스파클라를 손에 든 선생님들은 동심으로 돌아가 신이 났다. 밤하늘에 불빛을 내며 타들어 가는 스파클라를 흔들면서 입가에 미소가 끊이질 않았으며, 마음과 마음이 더 가까이 이어지고 우리들의 정은 더욱 깊어갔다. 스파클라 불꽃놀이는 오늘 축제의 클라이맥스가 되어서 가을밤을 아름답게 수놓았고, 우리 만남의 파티는 즐거움과 아쉬움을 고루 간직하며 모두 막을 내렸다.

이튿날, 하룻밤의 짧은 여행을 마친 선생님들은 각자의 가방을 챙

겨 들고 세컨하우스를 떠나려고 현관문을 나섰다.

"꼭 여행 왔다 가는 것 같아요."

"정말 재미있었어요."

"봄에 꽃 필 때 또 와야겠어요."

나는 떠나려고 승용차에 오르려는 선생님들 한 분 한 분에게 마음 속 깊은 곳에서 우러나오는 인사를 전했다.

"못 잊을 거예요. 함께 해주어 정말 고마웠어요."

겨울

겨울이 오는 길목에서

가을이 깊다. 눈이 시리게 파랗던 잔디가 색을 잃고 성장을 멈추었다. 누런 잔디 위로 붉은 단풍잎이 나뒹군다. 울타리 너머 들녘에는 무리를 이룬 하얀 억새가 서편으로 기우는 햇빛을 받아 뽀얗게 반사되며 솜사탕처럼 탐스러운 모습으로 하늘거린다.

화단에도 많은 꽃들이 생명을 다하고는 볼품없이 주저앉았다. 국화며 쑥부쟁이, 가우라 등 몇몇 가을꽃들만 휑한 화단을 지키고 있다. 늦은 샤피니어는 생뚱맞게 무성하게 피어 계절을 잊은 듯이 화단에 보루가 되고 있다.

이제 아침저녁으로 바람이 차다. 예전 같았으면 이미 찬 서리도 내렸을 시기인데, 아직은 식물들이 견딜만한 날씨가 이어지고 있어 다행이다. 우리 화단도 서서히 월동을 준비한다. 예전엔 아파트에서 그저 창문을 닫으면 월동이고, 봄이 오면 창문을 열기만 하면 끝이었다. 그러나 이제는 달라졌다. 세컨하우스의 화단에 있는 많은 식물이

겨울을 잘 나도록 추위가 오기 전에 도움을 주어야 한다. 뿌리째 화분에 옮기고, 포트에 삽목하기도 하고, 씨앗은 발아시키기도 하며 내년 봄을 위해 여러 가지로 손이 많이 간다.

우선 식물마다 맞춤형으로 분류해서 월동 준비를 시작한다. 일년초꽃들은 생명을 다하고 씨앗을 맺었으니 씨앗을 받아 발아시켜야 한다. 다년초꽃들은 야지 월동을 할 수 있는 강인한 식물과 실내에서 보온이 필요한 연약한 식물들로 나누어 따로 대비해야 한다. 추위를 가장 못 견디며 관수가 필요한 식물은 차에 실어 아파트로 나른다. 삽목 중이거나 씨앗을 뿌려 포트에 발아 중인 식물들도 아파트로 나

른다. 추위엔 약하나 관수가 덜 필요한 식물들은 세컨하우스에서 현관으로 들인다. 그리고 화단에서 겨울을 나는 일부 식물들은 보온 덮개를 덮어 추위를 덜 받도록 해준다.

아내는 란타나 나무를 무척 좋아한다. 봄철에 화단으로 옮겨져 자라다가 여름철엔 무성하게 키가 크며 가을 내내 형형색색의 꽃잎을 화려하게 피워내는 란타나는 겨울을 이기지 못하는 추위에 약한 체질 때문에 화분에 심어 실내에서 월동을 하게 된다. 따라서 가지를 모조리 잘라내고 화분에 옮겨 실내로 이동한다. 천사의 나팔도 특성이 비슷하여 같은 작업을 한다.

그리고 디기탈리스, 가고소앵초, 애기용담, 로베리아, 프리지아 락사 등 수도 없이 많은 종류의 꽃씨들이 발아되는 포트와 휴케라, 일일초, 포체리카, 수국, 아메리칸 블루 등이 삽목된 화분이며 칼마삭, 산호수 등 관엽식물들이 줄줄이 차에 실려 아파트로 대이동을 한다.

따라서 우리 집 아파트 베란다는 이들이 온통 자리하여 종묘장을 방불케 한다. 어찌 보면 식물원의 겨울나기 온실 같기도 하다.

겨울을 잘 보내고 새봄이 오면 기지개를 켜고 화려하게 꽃이 피어 나름대로 자태를 뽐내며 우리 집 화단을 예쁘게 장식할 녀석들과의 힘겨운 작업은 봄을 간절하게 기다리는 마음일 것이다. 벌써부터 마음속엔 봄이 가득하다.

아내가 꾼 스피노자의 꿈

세상에는 사과 이야기가 참 많다. 에덴동산에서 벌어진 아담과 이브의 사과에서부터 만유인력의 법칙을 알게 한 뉴턴의 사과도 있고, 지구의 종말에도 한 그루의 사과나무를 심겠다던 철학자 스피노자의 사과도 있다. 또한 스티브 잡스의 베어 먹은 사과는 지금 세상 곳곳에서 횡행하고 있으며, 우리나라에서는 유명한 노래의 가사에서 사과나무가 꼭 등장한다.

'종로에는 사과나무를 심어보자. ♬♩ 그 길에서 꿈을 꾸며 걸어가리라~~♪♬'

이토록 사과는 사람들에게 각광받는 과일임에 틀림없다. 아내는 평소 사과나무가 자라는 정원을 갖고 싶다고 입버릇처럼 말하곤 했다. 해외여행 중 유럽의 어느 주택의 마당 한가운데 사과나무 한 그루가 사과를 주렁주렁 매달고 서 있는 모습을 본 적이 있다.

"내가 꿈꾸는 정원이 바로 저런 모습인데."라며 아내는 부러워했

다. 사과나무를 비롯한 유실수는 밭에서 길러야지, 주택 정원에서 기르기가 쉽지 않은 품목이라고 매번 설득해봤지만 막무가내다.

그러던 중 어느 날, 무주에 살고 있는 친구 W의 집을 방문했다. 이 친구는 산토끼하고 입 맞추며 산다고 해도 과언이 아닐 만큼 첩첩산중 시골 오지에서 태어나 그 지역에서는 쉽게 찾아보기 힘든 '대학생'이 되었다. 따라서 그 동네에 가서는 '대학생' 집이 어디냐고 하면 금방 알려줄 정도로 '대학생'이라는 명함만으로도 그 시골 지역에서 엄청난 경외심으로 추앙받으며 살았다 하여 친구들 사이에 놀림거리가 되기도 했다. 잡기에도 능하여 젊은 시절 어떤 내기든 놀이판만 벌어지면 평정하기 일쑤였으며, 화초 가꾸기에도 탁월한 재능을 가지고 있었다. 그의 손에만 가면 비실비실하던 식물도 회생하는가 하면, 보통 우리가 꽃 피우기 힘들다는 난도 꽃을 활짝 피우게 하는 재주를 가졌다. 지금은 직장을 은퇴하고 시골 고향 마을에 손수 설계하고 지은 그림같이 아름다운 전원주택에서 살고 있다.

처음 시골에 집을 짓겠다고 했을 때 친구들이 만류했다. 시골에 돈 들여 집 지으면 살지 못하게 되었을 때 매매도 어렵고 자칫 헛돈만 날리게 될 수도 있다며. 그러나 친구는 그때 부인이 건강상 요양이 필요할 만큼 건강이 안 좋아져 편안하게 시골 삶을 살면서 부인의 병간호를 하고 싶다며 집 짓기를 서둘렀다.

고향 집 바로 인근 산 아래에 넓은 터를 사들여 주택을 짓고, 너른 마당에 잔디를 심었다. 외관 축대는 모양 좋은 자연석으로 쌓았는데, 이 자연석들은 구입하는 데 돈도 들이지 않고 모두가 터 닦을 때 나온 돌로 쌓았다 한다. 마당 한켠에는 널찍하고 평평한 바위가 놓여 있어 운치를 더한다. 이 바위 또한 공사 중 발견한 바위라 덤으로 얻은 것이라 한다. 마당 아래로 계단을 타고 내려가면 씨름장만 하게 둥근 웅덩이 연못을 파 놓았다. 지금은 물고기들이 살고 있지만, 손주가 크면 수영장으로 개조할 예정이라 했다. 웅덩이 물은 바로 옆 계곡에서 흐르는 물을 수로를 만들어 공급받고 있었으며, 넘치면 저절로 흘러내려 가는 방식을 이용했으니 이 또한 자연이 준 혜택이었다. 이 연못엔 물 배추, 부레옥잠 같은 수생 식물이 자라서 꽃을 피우고, 계단 좌우로는 철쭉꽃이, 계단 틈 사이로는 송엽국이 무더기로 피어나 꽃철에는 아래쪽에서 바라만 봐도 주택이 꽃동산 위에 앉혀진 느낌을 받는 멋진 주택을 조성했다.

이 친구는 손재주가 좋으니 전원주택의 생활이 성미에 딱 맞았다. 주변 뒤 터에는 채소를 심을 수 있는 텃밭을 가꾸고, 마당엔 빙 둘러 화단을 조성했고, 화단 곳곳엔 유실수를 비롯하여 우리는 알지도 못하는 희귀한 나무들을 가득 심었다. 나무들은 솜씨를 발휘하여 수형

도 예쁘게 잘 다듬어 식물원을 방불케 한다.

집에 들어서면 넓은 창을 통해 덕유산의 풍경이 한눈에 들어오고, 새들의 지저귀는 소리와 인근 계곡에서 흐른 물소리까지 청아하게 들리니 자연을 그대로 담은 무릉도원이다. 이렇게 자연을 벗 삼아 살아서인지 친구 부인도 건강을 되찾아 날로 건강해지고 있어 얼마나 다행인지 모른다.

이렇게 알콩달콩 재미있게 살아가는 친구를 보면서 한때 시골살이를 만류했던 친구들이 이제는 그때 적극 응원해주지 못했던 것을 후회하며 미안해하는 형국이 되었다. 무엇보다도 이렇게 가꾸며 살기 위해서는 아마 하루도 쉬지 못하고 몸을 움직여야 했을 것인데, 친구는 그렇게 닥치는 노동 일을 재미로 알고 즐겁게 해내는 성품이기에 이런 삶이 가능하지 않았나 생각한다.

화단에 심어진 유실수들도 모두가 과일을 탐스럽게 달고 있다. 사과도 주렁주렁 열렸고, 제주도에서나 볼 수 있는 한라봉도 큰 열매를 여러 개 매달았고, 석류, 포포나무 열매까지 별의별 과일들이 다 열려 있다.

친구는 나무를 너무 잘 키운 탓에 화단이 비좁아 정리를 해야겠다며 사과나무 일부를 뽑아내야겠다고 한다. 평소 우리 아내의 사과나무 사랑을 잘 알고 있는 이 친구는 마침 한 그루를 캐서 우리에게 분양해주었다.

이렇게 친구네 집에서 기르던 사과나무가 우리 세컨하우스 정원에 심어졌다. 사과나무를 심는 동안 아내는 입가에 미소가 끊이질 않았다. 그렇게 즐거울 수가 있나 싶다. 이제 사과나무가 뿌리를 내리고 잘 자라 친구네 집에서처럼 빨간 사과가 주렁주렁 열리고 아내의 꿈도 함께 자라는 반려목이 되었으면 좋겠다.

내가 기른 배추로 김장을 하게 될 줄이야

김장을 하는 날이다. 예로부터 한국 사람에게는 김장이 연중 제일 큰 행사였다. 남자들이 밭에서 손수 기른 배추를 수확하여 지게에 가득 싣고 마을 공동 우물가로 나르면, 아낙들은 매서운 추위에 바들바들 떨면서 한파에 언 손을 호호 불어가며 배추를 손질하고 씻었다. 씻어진 배추는 다시 집으로 날라지고, 마당 가득 벌려 놓은 아름드리 넓적 항아리에서 소금에 절여지고 아낙들은 멍석 위에 빙 둘러앉아 양념에 버무리곤 했던 진풍경은 어느 집을 막론하고 우리네 조상들의 겨울나기를 준비하는 연례행사였다.

먹을 반찬이 변변치 못하던 시절에 대가족이 겨울을 나며 김치를 주 반찬으로 먹어야 했으니 집집마다 많은 김장을 할 수밖에 없었다. 그러나 지금은 반찬거리 풍부한 식탁일 뿐 아니라 인스턴트 음식에 길들여진 아이들에게 김치가 별 인기가 없는 반찬이기도 하여 그리 많은 양의 김장이 필요 없어졌다. 그렇긴 해도 아직은 김장이 월동 준비로 통과의례인 것만은 분명하다.

이른 아침 아내와 함께 세컨하우스로 향했다. 아내는 직접 기른 배추를 수확하여 김장을 하게 되는 것이 마냥 기쁜 나머지 도착하자마자 쉴 틈도 없이 바구니를 챙겨 들고 부리나케 텃밭으로 나갔다. 텃밭에는 모종을 사다 심은 배추가 한 아름 되도록 자랐다. 초보 농사인 터라 시장에서 판매되는 배추만큼 질 좋은 튼실한 배추는 아니지만, 얼마나 다행인가. 직접 기른 배추로 김장을 한다는 것만으로도 마음 뿌듯한 일이 아닐 수 없다.

아내는 뽑아 든 배추 한 포기를 손에 들고는 이렇게 말한다.

"이거 보세요. 신기하지 않아요? 내가 기른 배추로 김장을 하게 되다니."

텃밭 상자 여러 개에 가득 가득 심어져 자랐던 배추는 수확하고 보니 제법 많은 양이 되었다. 채집된 배추와 무를 손질하여 수돗가로 들고 가서 깨끗이 씻은 다음, 배추는 절반씩 잘라 소금에 절이고 양

념에 버무리는 순서를 기다린다.

아내는 주방으로 가서 절임 배추에 버무릴 양념을 만드느라 분주하게 움직인다. 육수를 내고 무와 양파를 자르고, 마늘, 쪽파를 다듬고, 알밤, 당근을 채 썰고. 이윽고 맛깔나게 빨갛고 고운 빛깔의 양념이 완성되면 이제 거실에서 큰 대야 위에 배추를 한 포기씩 갖다 놓고 잎을 들춰 사이사이에 양념을 묻히는 일이 시작된다. 김치 맛을 아는 한국 사람이면 이 장면을 보면서 입에 침이 고이는 것을 참을 수 없을 것이다. 김장하는 사람들은 누구나 이때 양념이 잘 묻혀진 한 조각을 둘둘 말아 입에 넣고 맛을 음미하며 김장 맛에 푹 빠진다.

아내도 때깔 좋게 버무려진 김치 한 조각을 내 입에 넣어주며 맛에 대한 품평을 기다린다.

"으음, 맛있네."

"맛이 있을 수밖에요. 이게 보통 김치가 아니에요. 내가 기른 배추로 담근 김치라구요."

아내의 손놀림은 더욱 신이 났다.

예전에 우리 집에선 김장철이면 세 며느리가 시골로 모여들었다. 어머니께서는 텃밭에 배추를 기르시어 일꾼을 사서 도려내고 절임까지 마쳐 놓고 며느리들을 기다리셨다. 당일에는 며느리들이 양념을 만들어 같이 버무린 다음 김장이 끝나면 어머니께서 배분해주시는 대로 각자 먹을 양을 싣고 집으로 돌아가곤 했다.

그런데 어머니께서 연로하신 뒤부터 배추를 각자 싣고 집으로 가서 김장을 각각 하다가 시골에서 배추 기르는 것까지 접은 뒤부터는 아예 배추를 시장에서 사다가 김장을 각자 하는 것으로 완전 독립이 되고 말았다.

어느새 준비해 놓은 배추를 다 버무리고 김장이 종료되었다. 아내는 갓 담근 김치와 잘 삶아진 수육 한 덩어리를 먹기 좋게 잘라 접시에 올려놓고 김장 마무리를 선언하며 일하느라 고생한 서로를 위로했다. 아내는 뜻깊고 의미 있는 김장이어서인지 흐뭇한 마음에 피곤한 줄도 모르겠다고 했다. 이렇게 1년 동안 먹거리의 대표 음식인 김

치를 마련하는 김장 행사가 끝나면 사람들은 편안하게 겨울을 맞이하지 않았는가.

돌아가신 아버지께서 시골 텃밭에 온갖 채소를 다 기르시고는 주말이면 자식들을 불러들여 나누어주며 하시던 말씀이 떠오른다.

"앞으로 너희 먹을거리는 직접 재배해서 먹을 요량하거라. 시장에 대량으로 쏟아져 나오는 식재들을 어떻게 다 믿을 수 있겠느냐?"

비록 텃밭에 심어진 몇 종류 안 되는 채소일지라도 손수 재배해서 먹어야 하는 시대가 되었다.

꿩 대신 닭을 심다

세컨하우스의 주차장엔 그늘막이 없다. 한여름이면 주차된 차가 하늘에서 내리쬐는 태양열로 뜨겁게 달구어진다. 이를 해결하기 위해서는 주차장 위에 지붕을 만들어 주는 것이다. 그러나 이는 전방의 시야를 가리므로 좋은 방법이 아니기도 하고 실천하기에 간단한 문제도 아니다. 그래서 어떻게 하면 뜨거운 태양열을 막아볼 수 있을까 하는 문제가 늘 숙제였다.

그러던 어느 날 문득 괜찮은 생각이 떠올랐다. 나무 그늘을 이용하는 것이다. 주차장 오른편에 키 큰 나무를 심어 오후에 오른쪽으로 지나며 작열하는 태양열을 막아보자는 것이다. 대신 오전에 떠오르는 태양은 직접 맞는다 할지라도 오전이어서 열이 미미할 뿐 아니라 주차장의 위치상 햇볕이 금세 지나쳐 태양의 고도가 높아지면서 우측으로 가 버리기 때문에 오전의 태양열은 그다지 문제될 것이 없을 성싶었다.

무슨 나무를 심으면 가장 효과적일까. 외국의 풍경 속에서 가끔 우리 여행자의 마음을 사로잡았던 사이프러스 나무라면 아주 이상적일 텐데, 구하기 쉽지 않을 뿐 아니라, 설사 구한다 하더라도 우리나라의 기후 조건이 재배하기에 맞는지도 모르겠다.

그렇다면 몸통이 두툼해지면서 키도 제법 크는 측백나무를 심을까? 살아 천년 죽어 천년 장수한다는 주목나무는? 크리스마스트리로 잘 알려진 구상나무는 어떨까? 키가 크게 자라며 수형도 이뻐 관상수로 인기가 좋은 에메랄드그린 나무 등 여러 가지 나무들을 떠올리던 차에 멀리 시골에 사는 친구 집에 놀러 갔다가 마당에서 예쁘게 잘 자란 황금측백나무를 만나게 되었다.

친구는 묘목으로 심은 지 10년도 더 되었을 거라는 그 나무가 마당을 넓게 활용하려는데 방해가 된다며 캐내야겠다고 한다. 그 말을 들은 우리 부부는 선뜻 그 나무를 우리 집에 입양하겠다고 나섰다. 친구는 흔쾌히 허락했고, 고맙게도 자신의 트럭에 실어 머나먼 우리 집으로 운송까지 해주겠노라고 약속했다.

우리 부부는 뛸 듯이 기뻤다. 나무가 크고 좋은데다 목적에 부합한 나무일 뿐 아니라 친구가 길렀던 나무를 입양하여 우리 집에서 기르며 친구를 떠올리게 된다는 것이 매우 기분 좋은 일이었기 때문이다.

나무를 옮겨와 이식하기로 약속한 날이 되어 집에서 나무 심을 구덩이를 파놓고 친구가 나무를 싣고 오기만을 기다리고 있었다. 그때 친구에게서 전화가 왔다. 나무를 캐내는 작업을 진행하다 보니 나무가 워낙 커서 도저히 캐낼 엄두를 못 내겠다고, 나무 옮겨 가는 걸 포기해야겠다는 것이다.

아니 이 무슨 상황이란 말인가. 구덩이까지 파 뒀는데 뜻밖의 예기치 못한 일이 닥친 것이다. 기대가 컸던 만큼 아쉬운 마음도 컸다. 그러나 친구는 트럭까지 대기시키고 거사를 준비했다는데, 모든 정성이 수포로 돌아간 허탈감이 더 컸을 것 같다. 나는 괜히 일을 벌이게 하여 친구를 힘들게 했나 싶은 마음에 아쉬움보다 미안함이 더 크게 느껴졌다.

그렇지만 어쩔 것인가. 구덩이까지 파 놓았으니 이참에 나무를 심어야겠다고 생각하고 서둘러 나무 시장으로 나섰다. 아내는 평소 마음에 담고 있었던 에메랄드그린 나무를 선택하여 구입했다. 집으로 돌아와 이미 준비된 구덩이에 쉽게 나무를 심고 나니 전례 없이 가을비가 부슬부슬 내린다. 아마도 많은 사연을 담고 심어진 이 나무가 무럭무럭 잘 자라도록 축복의 비를 내리는 모양이다.

이렇게 우리 집 정원에는 또 하나의 이야기가 심어졌다. 친구의 마당에 심어졌던 나무가 모양만 다른 나무로 환생하여 우리 집에 자리한 것이다. 덕분에 주차장의 그늘막 숙원 사업도 해결되었을 뿐 아니라 친구의 사랑이 넘쳐나는 사연을 담은 나무를 기를 수 있게 되었다. 에메랄드그린 나무를 볼 때마다 항상 그 친구를 떠올리게 된다.

월동 준비를 도와주러 달려온 친구

월동 대비의 계절이다.

아내는 꽃과 씨름한다. 꽃씨를 받고, 꽃모종을 옮기고, 추위에 약한 식물은 덮어주고 부산하다. 노지에서 견디기 힘든 식물은 화분에 이식해 실내로 들여야 한다. 아내가 화분에 옮겨 심으면 그다음엔 나의 중노동이 이어진다. 어떤 화분은 여기 세컨하우스의 실내로 들이고, 다른 몇몇은 차에 싣고 아파트로 날라야 하기 때문이다. 나무가 심어진 화분들을 승용차에 실어 나르는 일은 보통 어려운 일이 아니다.

꿀벌을 기르는 나 또한 월동 준비로 꿀벌만큼이나 바쁜 시기이다. 꽃철이면 꿀벌들은 겨울에 먹고 살기 위하여 열심히 꽃을 찾아다니며 꿀을 채집해 모아 온다. 사람들은 그 꿀벌들의 겨울 양식인 꿀을 얌체처럼 빼앗아 먹고는, 대신 꿀벌들이 겨울을 날 수 있도록 설탕물을 먹이로 공급하는 것이다. 꿀벌에게서 양질의 꿀을 빼앗고는, 그 대가로 값싼 먹이를 공급하며 겨울나기를 돕느라 알뜰살뜰 챙기는

일이 생각할수록 아이러니이고 벌들에게는 미안하기도 하다. 어쨌든 나도 꿀벌에게 월동 먹이 주기에 돌입했다. 설탕을 물에 퍼붓고는 녹이느라 휘젓고 또 휘젓는 일이 여간 힘든 일이 아니다. 물에 잘 녹은 설탕물은 벌통 사양기에 넣어주어 벌들이 월동 먹이로 저장하도록 하는 것이다.

화단의 꽃들과 벌들의 월동 준비를 마치고 나서는 세컨하우스의 주변 정리에 나섰다. 데크, 야외테이블, 화단 받침대까지 방수가 필요한 부분은 오일스테인을 바르고, 주택 벽면의 목재 부분도 부식을 방지하기 위해 페인트를 칠해 준다. 바닥에 펼쳐놓고 칠하는 오일스테인은 혼자서 칠해 마무리했다. 높은 사다리에 올라가 칠해야 하는 건물 외벽의 페인트칠은 친구 K가 도와주겠다고 달려왔다.

이 친구는 초등학교를 같이 다닌 죽마고우다. 피부가 뽀얗고 귀공자 스타일인데다가 찬바람만 맞아도 얼굴이 빨개지기 때문에 어렸

을 때 별명이 '사과'였다. 워낙 심성이 착하고, 친구들이 귀중한 물건을 그에게 맡겨둘 정도로 신뢰할 수 있는 친구여서 모든 친구들의 호감을 한 몸에 받았다. 게다가 우리 고모네와 집안 친척이어서 나와는 다른 친구들보다 더 각별하고 우정이 깊었던 사이이기도 하다.

친구는 일찍 대기업에 취업하여 돈을 벌고 있었고, 나는 대학에 다니고 있었을 때 친구네 집을 방문하는 기회가 있었다. 우리는 밤새 술잔을 기울이며 밤늦게까지 시간 가는 줄 모르고 얘기를 나누다 잠이 들었다. 이튿날 아침 그 친구는 회사로 출근하고, 나는 학교로 가야 했다. 집 앞에서 서로 헤어지려는데 친구가 갑자기 내 주머니에 무언가를 쿡 찔러 넣어주면서 잘 가라고 인사를 하는 것이다. 주머니에 손을 넣어 꺼내 보니, 돈이었다.

"야, 뭐 이런 걸 다…."

"넣어 둬라. 얼마 되지도 않는데 차비 하거라."

정말 차비 정도였지만 무엇으로도 비교할 수 없을 만큼 내 마음을 훈훈하게 한 큰돈이었다. 나는 돌아오는 내내 친구의 깊은 우정을 마음에 깊이 새겼다. 아마 친구는 지금 그 사실을 기억하지 못할지도 모르지만, 나에게는 잊지 못할 따뜻한 기억으로 남아 있다.

그 이후 친구는 IMF 때 조기 퇴직을 했고, 주식 시장에 발을 들여놓았다가 크게 성공하고, 크게 실패하는 롤러코스터 같은 삶을 살면서 한동안 친구들과도 소통하지 못하고 지내기도 했지만, 최근에는 새로운 마음가짐으로 제2의 인생을 아름답게 펼쳐내고 있다.

친구는 우리 세컨하우스에 도착하자마자 팔을 걷어붙이고 페인트 통을 독차지하며 곳곳에 칠하는 것에 앞장섰다. 칠을 다 마치고는 페인트칠을 하게 되어 너무 즐거웠다고 말한다. 나의 미안해하는 마음을 다독이기 위해서일 것이다. 그만큼 마음씨가 따뜻한 친구다.

친구의 도움으로 페인트칠까지 마치고 월동 준비를 모두 마무리했다. 이제 겨울 동안 세컨하우스는 '개점 휴업'을 하게 될 것이다. 가끔 들러보러 오는 일 외엔 머무르지는 않을 것이기 때문이다.

'금년에도 고마웠어.'

어디서 날아왔는지 때늦은 메뚜기 한 마리 데크에서 길을 잃고 헤맨다. 추수 끝난 황량한 들판에서 메뚜기 잡으러 이리 뛰고 저리 뛰던 어린 시절의 늦가을도 이맘때였나 보다.

월동나기로 제빵을 하다

세컨하우스의 바깥일이 뜸해진 틈을 이용하여 연일 빵을 구워댄다. 단팥빵, 우유식빵, 모카빵, 더치빵, 모닝빵, 치아바타, 트위스트형 단과자빵, 그리시니, 통밀빵, 호밀빵, 우유스틱빵, 슈크림빵, 소보로빵….

제빵은 돌봐야 할 화단도, 양봉도 모두 월동에 들고 내 손길이 필요

없어진 한가로운 한겨울 월동나기로 선택한 취미 활동이다.

요즈음 주방 절반은 내 차지가 되었다. 주방 주인이신 마나님에게 사용 금지 당할 세라 빵 굽다가 어지럽힌 부분은 흔적도 없이 치우고 말끔하게 정리한다. 게다가 주방 더부살이를 허락해준 보답으로 싱크대 쪽에 쌓이는 설거지 거리도 보이는 족족 깔끔하게 씻어둔다.

빵은 오늘도 구워져 나온다. 오늘은 밀가루에 이스트, 소금, 물만

넣어 반죽하고 발효시켜 만든, 맛이 담백하여 샌드위치용 빵으로도 많이 이용되는 치아바타를 구워냈다. 내가 제빵을 시작하면서부터 지금까지 여러 종류의 빵을 만들었는데, 유독 치아바타에 쏙 빠져들었다. 나뿐 아니라 내 제빵 실력을 미덥지 않게 여기는 아내마저 그 빵 맛에 사로잡혀 가는 듯하다. 아내는 내가 갓 구워낸 치아바타에 샐러드를 첨가한 별식으로 점심 식단을 차려 내왔다.

치아바타를 시식하는 아내가 느끼고 있을 맛이 궁금했다.

"이번 치아바타 맛이 어때?"

"맛있네요. 그냥 맛있는 게 아니고, 엄청 맛있는데요!"

아주 맛있게 빵을 먹고 있는 아내를 뒤로하고 나는 슬쩍 돌아서서 회심의 미소를 짓는다. 후훗. 음, 당신은 이미 내게 잡힌 거야.

별별가구 사장님의 장인 정신

우리 마을에는 목공예점이 하나 있다. 이름은 '별별가구'다. '별별'인데 내게는 가끔씩 '별의별'로 읽힌다. 다름 아니라 이 목공예점 앞을 지나다 보면 가게 앞 데크에 옷장, 책상, 벤치의자, 책꽂이, 선반, 어느 땐 흔들그네까지 그야말로 별의별 가구들이 다 만들어져 진열되어 있곤 하기 때문이다. 진열된 공예품 가구들은 문외한인 내가 얼핏 보아도 매우 잘 만들어져 혼이 깃든 예술품들로 보였다.

내가 언젠가 목공예품을 만들 일이 생기면 이 공예점을 이용해야겠다고 생각하고 있었다. 그러던 차에 마침 우리 집에 머그컵 진열장이 하나 필요했다.

우리 부부는 지금껏 얼추 60여 개국이 넘는 나라의 수많은 도시들을 여행했다. 여행을 다니면서 처음에는 도시마다 기념품으로 그 도시의 상징이 되는 랜드마크 미니어처를 모으다가 아내의 제안으로 머그컵을 사 모으기 시작했다. 한 도시의 여행을 마치면 그 도시

의 상징이나 이름이 새겨진 머그컵을 찾아서 사곤 했는데, 이 수집은 기획 의도는 좋으나 실천에는 엄청난 고역이 따르는 취미였다. 여행을 진행할수록 준비해간 물건들이 소비되어 배낭이 비어가며 가벼워져야 하는데, 구입한 머그컵으로 인해 오히려 배낭은 무거워져 가고, 장기간 여러 도시를 여행하게 되니 머그컵 개수가 늘어나면서 파손을 방지하기 위해 신경 쓰느라 여간 손이 가는 일이 아니었다. 그렇게 여행 때마다 어렵게 모아 온 많은 머그컵들이 캄캄한 서랍장 속에 산더미처럼 쌓인 채 갇혀 있는 것이 안타까워 진열장을 만들어 진열해보기로 한 것이다.

진열장을 주문 제작하기 위해 평소 눈여겨보아 두었던 그 목공예점으로 갔다. 작업실 안으로 들어서자 내부에선 남편은 디자인하여 나무를 자르고 못을 박으며 가구를 만들어내고, 부인은 만들어 낸 가구의 거친 부분을 사포로 문지르고 나무결이 보호되도록 외관을 칠을 하면서 금실 좋게 작업하고 있었다.

"너무 싼 가격에 해주시는 거 아니에요?"

"괜찮아요. 저는 이미 기쁨이 남았잖아요."

작업실에서 내가 사장님과 가구제작 의뢰 중 나누는 대화이다. 가게 주인과 고객과의 대화라고 믿기지 않을 정도로 가슴 뭉클한 대화 내용이었다.

데크에 진열된 가구들이 범상치 않아 평소 지나며 볼 때마다 훌륭한 예술 작품처럼 느꼈노라고 말씀드렸는데, 사장님은 자신이 만든 공예품들을 극찬하는 내 말에 감동받았다면서 제작하려는 가구 값은 주고 싶은 대로만 달라며 고객에게서 받은 기쁨 값이면 이미 남은 장사 아니냐고 환하게 웃으신다.

이 바닥에서 사람들을 대하다 보니 요청한 것보다 더 잘해주었는데도 맘에 들지 않는다고 화를 내는 고객, 별것 아닌 작은 정성에도 엄청 고마워하는 고객 등 별의별 사람들이 다 있더라며 그간 고객들과의 경험에서 사람 보는 눈을 배웠다며 세상을 꿰뚫어보는 직관력을 가진 분이셨다. 예술품을 창조하듯 혼을 담아 작업에 열중하는 가구계의 장인이면서도, 영업면에서는 이치에 밝지 못해 자신의 몫을 적당히 챙기지 못하는 요즈음 보기 드문 분이셨다.

상품도 작품으로 일구어내며 즐겁게 일하시고, 혜안으로 세상을 보면서 멋진 꿈을 안고 살아가시는 공예가 사장님의 아름다운 삶을 응원하며 이런 멋진 분이 우리 동네에 계신다는 것이 자랑스러웠다.

며칠 후 사장님이 정성 들여 제작한 작품, 머그컵 진열장이 완성되어 세컨하우스에 도착했다. 거실로 들여 잘 보이는 곳에 자리했다. 사장님은 나무결을 보호하도록 친환경 천연 도료를 이용하여 칠했는가 하면, 못 하나 박지 않고 나무끼리 끼워 맞추는 공법으로 제작했다며 정성 들인 제작 과정을 설명했다.

진열장에 제자리를 찾은 머그컵들을 보면서 하나하나 여행했던 도시를 떠올리면 환희와 감동, 고난과 긴장으로 점철되었던 역동적인 배낭여행의 시간이 영화처럼 다시 펼쳐진다. 그러면서 이 머그컵 진열장은 나만의 특별한 힐링로드가 된다. 그곳으로 다시 여행하듯이.

아내의 생일 케이크를 직접 만들다

문자가 왔다. 객지에 사는 딸 아이에게서 온 문자다.

'이번 주가 엄마 생일인데 이번엔 아빠가 케이크를 직접 만들면 어떨까. 돈 주고 사는 것보단 더 의미가 있겠는데?'

그러겠다고 답을 하고는 잠시 혼자서 회심의 미소를 지었다.

'내가 만든 케이크로 아내의 생일 축하를 한단 말이지. 잘 됐어. 이번에 생일 케이크로 아내에게 제대로 한 번 환심을 사봐야지.'

그동안 제빵을 하느라 아내의 절대 공간인 주방 한쪽을 점유하면서 본의 아니게 어지르고 신경 쓰이게 하면서 아내를 불편하게 했던 미안함을 만회할 절호의 기회가 온 것이다.

지금까지 빵 만드는 법을 배우고 많은 빵을 실습용으로 만들어 왔는데, 드디어 필요에 의한 정식 빵을 만들게 되었구나 하는 생각으로 마치 제빵업소 개업을 하고 첫 빵을 구워내야 하는 사람처럼 마음이 들떴다.

그런데 금세 난감해졌다. 내가 비록 여러 종류의 빵을 만들어는 봤으나 케이크는 한 번도 만들어 본 적이 없기 때문이다. 하지만 방법은 있었다. 내가 처음 제빵을 배울 때에도 그랬던 것처럼 유튜브라는 스승이 있지 않은가.

우선 컴퓨터를 켜고 유튜브를 검색해보았다. 유튜브에는 각양각색의 케이크 만드는 레시피가 셀 수도 없이 나열돼 있었다. 그중 하나를 골라 눈여겨보면서 만드는 방법을 익히고 팔을 걷어붙였다. 곧바로 케이크 만들기에 돌입했다.

우선 케이크 시트지로 쓰기 위해 제누와즈를 만들어야 한다. 계란 흰자와 노른자를 분리하는 별립법으로 흰자는 머랭을 치고, 노른자는 각종 재료와 혼합하여 휘핑한 뒤, 박력분과 섞어서 빵틀에 붓고 구워냈다. 예쁘고 둥근 제누와즈가 구워져 나왔다. 이제 생크림을 바르고 토핑을 얹어 케이크로 사용하기만 하면 된다.

아내의 생일 케이크로 쓸 거라는 생각 때문이었을까, 만드는 과정도 즐거웠을 뿐 아니라 빨리 생일이 다가왔으면 하고 기다려지기까지 했다. 생일까지는 이틀이 남았으므로 비닐로 포장하여 냉동실에 보관해 두었다.

이틀 후, 생일이 다가왔다. 객지에서 생활하던 아이들이 모두 모여들었다. 제일 먼저 내게 주문한 생일 케이크는 제대로 되어가는지 체크를 했다. 멋진 케이크를 만들어 낼 테니 걱정말라며 안심을 시켰다. 아이들은 엄마 생일상을 직접 차리겠다고 이것저것 준비하느라 야단법석이다.

큰아이는 하몽을 이용한 스페인식 요리를 하느라 분주하다. 동생들에게 감자튀김과 계란프라이를 만들도록 시키고, 토마토와 각종 야채를 준비하여 예쁘게 자르고 상에 배열하는 등 부지런을 피운다.

나는 케이크를 완성하기 위해 냉장고에서 제누와즈를 꺼내어 한쪽 테이블로 갔다. 무슨 비밀스런 과정이기라도 되는 양, 아이들이 접근하지 못하도록 내 옆에는 얼씬도 하지 말라고 미리 선언을 해 두었다. 아이들은 그러겠다고 하면서도 아빠의 행동이 재미있어 보였는지 호기심 가득한 표정이다.

나는 한쪽 테이블에 앉아 제누와즈를 얇게 자르고, 사이에 딸기 슬라이스를 얹은 뒤 그 위에 어제 사 온 생크림을 바르고 덮었다. 제법 케이크 모양은 완성되었고, 이제 생크림만 예쁘게 두르면 될 일이다. 그런데 처음 해보는 일이어서인지 케이크에 생크림 두르는 일이 만만치 않다. 자꾸 흐르고 붙지 않으며 억지로 붙여 올렸더니 깔끔하게 처리되지 못했다. 알고 보니 돌림판이 있어야 그 위에 올려놓고 도자기 만들 듯이 케이크를 돌려가며 생크림을 발라야 하는 것이었다. 이제야 알았는데 어쩌겠는가. 그냥 어설픈 대로 마무리했다. 하지만 모양은 제법 갖추어졌다. 맨 위에 딸기를 얹어 더 예쁘게 모양을 내고 가게에서 사온 생일 축하 문구 소품을 꽂으니 그럴싸했다.

"자, 케이크 나갑니다."

케이크를 접시에 받쳐 들고 거실로 나갔다. 아이들이 준비해 놓은 엄마 생일상 한가운데에 케이크를 올려놓았다. 케이크를 본 아이들은 환호성을 지르고 박수를 치며 좋아했다. BTS 출현보다 더한 리액션이다. 순간 어깨가 으쓱해졌다.

'이게 뭐라고. 내가 이렇게 좋아하는 거지?'

피식 웃음이 나왔다. 그러나 아이들의 격한 리액션은 아빠가 케이크를 만드느라 고생한 데 대한 보상일 것이며, 공개를 꺼리면서까지 비밀스럽게 제작하신 뜻은 짐짓 완성되면 분에 넘치게 좋아해달라는 뜻이라는 것을 미리 알아버린 때문일 것이다.

처음 만든 생일 케이크를 앞에 두고 아이들과 함께 생일 축하 노래를 부르며 아내의 생일을 축하하고는 케이크 시식에 들어갔다.

"와, 맛있다!"

"산 것보다 더 맛있는데?"

의외의 반응이었다. 나는 처음 만든 것이어서 모양만 낸 것으로 만족하고 맛이야 있든 없든 거기까지는 신경 쓸 겨를이 없었다. 그런데 진짜 맛이 있나 보다. 아이들은 맛있다는 품평이 아빠에게 보상 차원의 억지 리액션으로 보일까 봐 "와, 진짜 맛있어."라고 진심임을 강조한다.

나는 순간 의기양양한 표정으로 아내를 바라봤다. 오늘의 행사 느낌과 케이크 맛에 대한 평가를 해보라는 의도였다. 축하를 받고, 케이크 맛을 본 아내가 조용히 내게 이른다.

"여보, 지금껏 주방에서 당신이 벌인 모든 만행을 다 용서할게요."

그 말을 듣고, 아이들이 모두 웃음을 터트렸다. 나는 하마터면 입에 넣었던 케이크를 뿜을 뻔했다.

제빵기능사가 되었어요

비교적 시간이 한가한 겨울 동안 무엇을 할 것인가 고민하다가 제빵을 해봐야겠다고 마음먹고는 제빵 도구들을 구입하고 제빵기도 들여놓았다. 유튜브를 이용하여 레시피를 알아내 하나둘 빵을 구워내다가 불현듯 '기왕 빵을 굽느니 제빵기능사 자격증을 한 번 따볼까?' 하는 생각을 하기에 이르렀다.

어차피 겨울을 헛되이 보내지 않기 위해 제빵을 시작한 건데, 자격증을 따기 위해 공부하며 시간을 보내는 것도 의미가 있겠다 싶었다. 그래. 한 번 해보자. 얼마나 어렵겠어? 현직에 있을 때 연수를 받으면 평가를 받느라 낯선 과목들 시험공부도 해보고 했으니 그런 마음으로 해보면 되겠지 뭐.

인터넷에서 자격증 시험 정보를 검색해보았다. 우선 필기시험을 치러야 하고, 필기 합격자에 한해 실기시험을 치를 수 있는데, 2년 안에 실기시험에 합격하지 못하면 필기 합격이 무효가 된다는 것이다.

그런데 필기시험은 매달 한 번씩 있긴 하나 실기시험은 장소 때문에 수험자가 한정되어 있어서 한 번에 20명만 응시할 수 있고, 그것도 지방이라서 한 달에 한 번이나 두 달에 한 번밖에 없다. 그러니 계속 배출되는 필기 합격자들이 실기시험에 응시하려고 얼마나 많은 사람이 대기하고 있을 것인가. 따라서 필기를 통과하더라도 실기까지 통과하려면 적어도 1년, 많게는 2년이 걸릴 수도 있겠다 싶었고, 자칫 2년을 넘겨 필기가 무효가 되어 다시 시작하는 불운이 있을 수도 있겠다는 생각으로 갑자기 자격증을 따기 위한 험난한 도전에 마음이 불안해지기 시작했다. 그러면서도 '자격증이 뭐라고. 그냥 재미로 해보는 것인데, 되면 좋고 안 되면 마는 거지.'라고 스스로 위안하면서 편하게 도전하기로 마음먹었다.

우선 필기시험 문제가 어떤 유형들인지를 알아보기 위해 인터넷에 나와 있는 기출 문제를 풀어보았다. 그런데 이런, 그냥 상식으로 풀어낼 수 있는 문제는 한 문제도 없었다. 보통 어려운 것이 아니었다. 그래서 먼저 유튜브에 탑재된 강좌를 하나 선정하여 인강을 듣기로 하고 공부에 나섰다.

세상에나, 알지 못하는 용어들이 수두룩하여 학창 시절 생물 시간을 방불케 한다. 무슨 놈의 온도 수치는 그리 많이 나오며 외워야 될 숫자 데이터, 퍼센트 데이터가 셀 수도 없이 쏟아져 나오는지…. 게다가 비슷비슷하여 헷갈리기까지 하니 머리가 지끈거리고 이걸 왜 시작했나 하는 생각이 슬슬 들기 시작했다. 강의 중 받아 적은 학습 내용이 노트 두 권에 빽빽하게 들어찼고, 빨간펜으로 밑줄에 메모까지 덧붙여 가며 학습한 노트를 들고 연일 외워댔다. 열혈 수험생이 된 것이다.

"여보, 나 운동 나갈 건데 안 나갈 거예요?"

아내는 먼동이 터오자 내가 새벽부터 일어나 컴퓨터 앞에 앉아 공부하고 있는 방문을 열더니 산책을 나가자고 제안한다. 공부할 것이 많아 못 나가겠으니 먼저 다녀오라고 했더니 아내는 문을 닫고 나가며 한마디 덧붙인다.

"무슨 공부를 그리…. 그렇게 공부했으면 서울대도 들어갔겠네."

그러게 말이오. 이걸 내가 왜 하고 있지? 했다가도 공부가 슬슬 재미있어졌다. 학습했던 문제가 머리에 쌓이고 그로 인해 기출 문제의 답을 하나씩 찾아내면 마치 게임을 맞추어 내듯 기분이 좋았다. 또한 이 공부가 꼭 해야만 되는 의무가 아니고 나 스스로 선택하여 하는 것이며, 설사 자격증에 실패하더라도 삶에 불이익이 따르는 것도 아니기 때문에 공부에 대한 스트레스도 없고, 오히려 재미가 느껴졌다.

마침내 필기시험 날이 다가왔다. 불량 학생처럼 신분증과 필기도구만 덜렁 챙겨 들고 시험장에 들어갔다가 깜짝 놀랐다. 수험자들이 책과 노트를 펼쳐 들고 재빠르게 책장을 넘겨 가며 총정리하느라 열중인 모습이 마치 대학 수능 시험장인 줄 착각할 정도였다. 책장 넘기는 소리 외에 숨소리도 안 들리는 정적 속에서 시험 시작을 기다렸다. 수험자들의 모습을 보면서, 자신이 남보다 다른 모습이라는 것을 세상에 보여주기 위해 선택받아야 하는 방법 중 하나로 시험이란 것이 존재하는데, 어른이 되어서까지 끊임없이 시험에 맞닥뜨려야 하나 싶으니 측은하다는 생각이 들기도 했다.

필기시험은 CBT(Computer Based Test)여서 시험을 치른 후 바로 당락을 알 수 있도록 되어 있다. 시험을 마쳤는데, 커트라인에 근접한 점수로 겨우 합격했다. 점수는 내게 큰 의미가 없다. 합격은 했으니 기쁜 마음으로 귀가하여 실기시험을 준비했다.

실기시험은 20가지 종류의 빵 중 당일 시험에서 요청하는 한 가지를 만들어 보이는 식이다. 필기는 독학으로 할 수 있지만, 실기는 반드시 제빵 학원을 다니라고 조언한다. 이유는 가정용 제빵기하고는 다른 커다란 업소용 제빵기 다루는 법을 알아야 하기 때문이다. 그뿐 아니라 가정용 제빵기로는 소량의 빵만 만들 수 있는데, 시험에서는 대량의 빵을 만들도록 요구하고 있어 많은 양의 재료를 계량하거나 빠른 손놀림으로 시간 안에 만들어내는 기술을 습득하려면 학원에서 연습을 해봐야 한다는 것이다.

그래서 학원에 다닐 요량으로 여기저기 전화로 문의해보았으나 수검자들이 많아 등록하려면 4개월이나 기다려야 한다고 한다. 아니? 필기 합격 유효기간이 2년이고 그 안에 통과해야 되는데 4개월을 기다려 학원에 등록한다면, 공부하는 데 적어도 2~3개월은 걸릴 텐데 그럼 유효기간 1년을 그냥 허비해버린다? 이렇게 생각하니 조급한 마음이 들기 시작했다. 안 되겠다 싶어 일단 다음 달에 시행되는 시험에 접수부터 했다. 실기시험이 어떻게 치러지는지나 봐야겠다는 생각이 들었기 때문이다. 그러나 실기시험에 응시하려는 사람들이 많으니 시험 접수마저도 쉬운 일이 아니었다. 접수 시작 시간에 즉시 신청해야 한다. 다행히 컴퓨터에서 광클릭을 하고는 접수에 성공했다.

그리고 일단 유튜브를 보면서 가정용 제빵기로나마 소량의 빵이지만 이것저것 여러 종류의 빵을 만들어 보면서 방법을 익혔다. 그리고 첫 번째 시험은 실기시험은 어떻게 치르는 것인가를 알아보고, 시험장 분위기도 익히고, 커다란 제빵기는 어떻게 사용하는 것인지 경험해보는 것에 목적을 두고 응시하기로 했다.

접수하고 열흘 후가 실기시험일이다. 제빵을 연습할 시간도 별로 없이 시험 날이 빨리도 다가왔다. 실기시험 당일, 제빵용 여러 도구를 준비한 가방을 들고 시험장으로 가서, 수험자 복장 규정대로 제빵기능사들이 입는 하얀 위생복에 위생모까지 쓰고 앞치마도 두르고 감독관이 오기를 기다렸다. 이것도 시험이라고 괜히 긴장되었다.

실기시험은 재료 계량 점수를 포함하여 공정 정확도, 반죽 상태, 온도, 비중을 체크하는 첫 번째 제조공정 점수와 팬 준비, 굽기 관리,

구움 상태, 자리 정리정돈, 위생관리를 체크하는 두 번째 제조공정 점수, 그리고 만들어진 빵을 점검하는 제품 평가 점수까지 합하여 합격이 결정된다.

감독관이 들어오고 공개된 오늘의 실기시험 종목은 '버터톱식빵' 만들기였다. 만드는 방법이며 순서, 그리고 제빵 온도를 머릿속으로 새겨보면서 제빵에 돌입했다. 그런데 재료 계량에서부터 난감했다. 한 번도 계량해보지 않은 많은 양을 계량하느라 버벅대면서 주어진 계량 시간을 초과했다. 그러나 나뿐 아니라 계량 시간을 초과한 다른 수험자들도 많았다. 그들은 긴장한 나머지 우왕좌왕하면서 초조해진 표정이 역력했다. 나는 에라 모르겠다, 오늘은 합격하겠다는 것이 아니니 시험 보는 방법만 익히는 데 만족하자, 라고 생각하며 여유를 되찾았다.

그리고 빵을 구워냈다. 다행히도 제빵 순서는 어긋나지 않았고 빵도 잘 구워져 나왔다. 빵에 내 번호를 적어서 붙이고 제출한 뒤 시험이 끝났다. 계량 시간부터 초과했으니 언감생심 합격은 생각지도 않고, 이번엔 시험 보는 방법을 익혔으니 머릿속으로 다음번 시험엔 어떻게 대응해야겠다는 생각을 하면서 다시 실기시험 준비를 했다.

실기시험 발표일이 다가왔다. 또한 다음번 실기시험 접수일이기도 하다. 그런데 많은 필기 합격자들이 실기시험에 응시하려고 하니 접수하기도 만만치 않으며, 인터넷이 열리자마자 광클릭을 해야 겨우 접수에 성공할 수 있다. 지난번 실기시험이 석연치 않았으니 나는 합격자 조회보다는 다음 실기 접수가 우선이었다. 빨리 클릭해서 '접수

성공'부터 해야겠다는 마음으로 컴퓨터 앞에서 대기했다. 접수 창이 열리자마자 빛의 속도로 접수 아이콘을 클릭했다.

그런데 어? 오류 메시지가 뜬다.

'귀하는 자격보유자로서 접수가 불가합니다.'

'뭣이라고? 자격보유? 그럼 설마 내가 지난 실기시험에 합격했단 말인가?'

일단 접수가 되지 않으니 접수 신청 창을 닫고, 부리나케 합격조회 아이콘을 클릭했다. 세상에나. '실기 합격을 축하합니다.'란 메시지가 뜨는 것이다. 이게 웬 떡이냐 싶어 얼른 점수 확인 아이콘을 클릭해 봤다. 아, 또 간신히 턱걸이해 커트라인 점수를 통과한 것이었다. 간신히든 어떻든 합격이다. 지난 실기시험장에서 새파랗게 젊은이들도 자기들이 세 번째, 네 번째 도전이라면서 나더러 느긋하게 생각하라며 조언하던데, 이렇게 단번에 합격을 해버리다니. 믿겨지지 않으면서도 입이 귀에 걸렸다.

앗싸. 나는 이제 국가가 인증해주는 '제빵기능사'가 되었다. 겨우 내 집콕 취미로 시작한 제빵이 자격증 취득의 도전으로 이어지고, 필기시험 공부부터 실기시험 대비로 각종 종류의 빵을 만들어내기까지 오로지 유튜브에만 의존하여 배우느라 난관도 많았던 그간의 제빵 학습 과정들이 주마등처럼 뇌리에 스쳤다. 어찌 됐든 필기에서 실기까지 일사천리로 끝내게 되어 정말 다행이고, 후련하다. 그리고 기분이 좋다. 조금 더 보태면 아이들 대학 시험 합격할 때보다 기분이 더 좋았던 것 같다.

나를 빵 가게로 초대해 조언도 해주고 시험 당일 메시지까지 보내며 격려해준 제자인 '현주네집빵'의 사장님과 나의 제빵기능사 도전에 박수를 보내고, 함께 응원해 주었던 수많은 SNS 친구들에게 고마운 마음이 가득하다. 또한 제빵 실습한다며 주방 한켠을 차지하고는 어지럽히고, 걸리적거리게 해서 몹시 귀찮았을 텐데도 참아준 아내에게 많이 고맙다.

도전에 성공하고 보니 시험의 굴레에서 벗어나 시험에서 필요로 하는 품목이 아닌 내가 좋아하는 아무 빵이나 마음껏 만들어 볼 수 있는 여유가 생겨 좋다. 이제부터는 나도 독특한 나만의 빵을 개발해 만들어봐야겠다.

당신의 부캐는 무엇입니까?

TV를 시청하고 있었다. '그 사람의 부캐'라고 적힌 자막이 지나간다. 부캐? '부케(Bouquet)'는 알겠는데 '부캐'는 또 뭐야? 낯선 단어다. 앞뒤를 이어봐도 무슨 뜻인지 도무지 알 수가 없다. 스마트폰으로 검색해보았다. "'부캐'란 '부 캐릭터'의 준말로, 온라인 게임에서 '주캐' 이외에 그와 더불어 사용하는 캐릭터"라고 나와 있다.

느닷없이 국민 MC 유재석 씨는 '유산슬'이라는 이름으로 '사랑의 재개발'이라는 트로트를 부르며 트로트 가수로서 뜨겁게 활약했다. 본캐인 MC 못지않게 가수라는 새로운 장르에 도전하여 가요계를 강타하였으니, 이가 바로 부캐의 대명사처럼 되었다. 개그우먼 김신영 또한 '둘째이모 김다비'라는 이름의 가수로서 각광을 받았다. 개그맨 추대엽은 노래하는 '카피추'로 사랑을 받는가 하면, 유재석, 비, 이효리가 모여서 '싹쓰리'라는 혼성그룹을 탄생시켜 크게 화제를 모았다. 그야말로 본캐를 잊게 만드는 '부캐 전성시대'라 하겠다. 부캐는 본캐로는 할 수 없었던 과감한 도전을 가능하게 하고 지금까지와는 다른 경험을 할 수 있게 해주는 매력을 가지고 있다.

본캐도 변변치 못한 요즈음에 부캐를 준비하기엔 너무 나간 허황된 욕심이라 할 수 있을지 모르겠지만, 나도 기회가 주어진다면 무언가 준비하여 부캐로도 살아보고 싶다.

나는 은퇴하면서 이미 본캐는 수명을 다했고 새로운 본캐를 찾아 정착해야 할 텐데, 은퇴하자마자 코로나라는 불청객이 나타나 나를 집안에 가두었다. 나름 하고 싶은 것이 많았는데 복병을 만난 것이다. 어쩔 것인가. 텃밭 딸린 세컨하우스에서 꽃 가꾸고 채소 기르며 정부 지침대로 사회적 거리두기를 모범적으로 실천하며 지낼 수밖에 없었다. 그러고 보니 본의 아니게 마당에서 집을 가꾸며 생활하는 일이 슬그머니 본캐로 자리 잡고 말았다. 어찌 됐든 이 세컨하우스에서의 전원생활은 코로나 사태를 예견이라도 했던 것처럼 은퇴한 내게 딱 안성맞춤이다.

그러는 내게 뜻하지 않은 소일거리가 주어졌다. 강의 요청이 들어온 것이다. 해외여행의 경험을 나눠줬으면 좋겠다는 것이다. 나를 섭외한 주최 측의 의도에 만족할 만큼 그들이 원하는 정보를 잘 전할 수 있을는지 조심스럽긴 하지만, 원래 가르치는 직종에서 근무를 했었고, 이미 몇 번의 강의 전력이 있었기에 흔쾌히 수락했다.

바로 강의 준비에 착수했다. 우선 사전 강의안부터 구성하고, 강의에 필요한 자료들을 찾아 정리를 시작했다. 무얼 말할까. 어떻게 말할까. 강의를 준비하면서 잠시 현직을 떠나 무료하게 지내던 일과가 다시 생기를 찾는다. 전하고 싶은 내용들을 추출하여 프리젠테이션 안을 만들고 마무리가 된 자료들을 일목요연하게 노트북에 담아 준비를 마쳤다.

강의하기로 약속된 날짜가 되어 가방을 메고 집을 나선다. 늘 마주하던 날씨도 특별하게 보이고, 항상 지나던 도로도 더욱 생동감 있게 느껴졌다. 마치 젊은 시절 첫 직장을 찾아가던 그날처럼.

강의 현장에 도착했다. 강의를 주관하신 담당자가 입구에서 반갑게 맞아준다. 강의실 문을 열고 들어서자 강의를 기다리는 수강생들의 눈빛이 예사롭지 않다. 무언가를 얻어내려는 듯 강한 의지에 불타는 모습으로 모두 눈동자들이 초롱초롱하다. 오랫동안 강단을 떠나 있어서인지 단상이 새삼스럽게 느껴진다. 하지만 강의가 시작되고, 강의에 집중하는 수강생들의 호응에 더욱 신이 났다. 준비한 정보들을 신바람 나게 쏟아내는 동안 주어진 강의 시간이 훌쩍 지나갔다.

강의가 끝나고 수강생 중 한 명이 예쁜 꽃다발을 들고 내게로 다가왔다.

"선생님, 수고하셨어요. 열정적으로 강의하시는 모습이 여전하시네요."

이 학교에 강의를 섭외하여 나를 초청해 준 선생님이자, 내 초임 시절 내가 가르쳤던 제자 H였다. 그의 따뜻한 환대에 마음이 울컥했다. 교직자는 제자에게서 받는 사랑만큼 행복한 일이 없다.

H는 초임 시절 유독 나를 따랐던 특별한 아이였다. 총명하여 공부도 잘했고, 시골에서 자라는 아이들이 대부분 그렇듯이 순박하고 청

순미가 넘치며 눈이 동그랗고 웃는 모습이 참 예쁜 아이였다. 미술부에서 활동하면서 그림도 잘 그렸지만, 예술적 창작 감각이 뛰어나 학교의 환경 꾸미기엔 어른들 솜씨 못지않게 수준 높은 실력으로 선생님들을 놀라게 하기도 했던 미래가 기대되는 학생이었다. 한번은 우리 반이 아니었으면서도 우리 학급의 환경 꾸미기에 솔선하여 도움을 주다가 자기 담임 선생님으로부터 애먼 소리를 듣게 된 일이 있었다. 당시에는 나는 그 아이에게 미안했고 그 아이는 매우 난감해했는데, 어른이 되어서는 함께 웃으며 얘기하는 추억거리가 되었다. 어쩌면 그 아이에게는 그때의 일들이 어린 시절 선생님을 선망하고 좋아했던 마음속 풋풋한 감정이었을지도 모르겠다.

그 아이는 미술을 전공하여 그림 공부에 매진하다가 늦게서야 교직에 발을 들였고, 지금은 아이들 마음속에 깊이 자리하여 상상력을 이끌어내고 재능 발굴에도 앞장서는 등 학교 현장에서 큰 역량을 발휘하는 미술 교사로 근무하고 있는 자랑스러운 제자다. 어린 시절 초롱초롱하던 눈망울을 그대로 간직한 채 나이가 들어서 지금의 모습이 낯설기는 하지만, 어언 같이 늙어가는 어른이 되어 버렸다.

소문이 바람을 타고 퍼졌음인지 이제는 학교를 비롯하여 교육지원청, 연수원, 인재개발원, 기업에서까지 강의를 요청해오는 단체가 심심찮게 늘어가고 있다. 따라서 강의를 위해 이동하는 경로도 지리산 아래 작은 학교에서부터 서울 한복판 학교까지 전국으로 넓어져 강의를 위해 나서는 길은 내게 새로운 여행길이 되고 있다. 어떻게든 사람들과 눈을 맞추고 호흡하는 일은 즐겁고 가슴을 뛰게 한다. 이렇게 가끔씩 강단에 오르는 기회가 내게는 '부캐'로 자리 잡았으면 좋겠다.

아내가 없어졌다

아침 운동을 마치고 내 방으로 들어오면 아무도 간섭받지 않는 나만의 하루가 시작된다. 겨울을 보내며 이어지는 나의 일상이다. 커피를 한 잔 마시려고 거실로 나왔는데 집안이 조용하다. 거실에 있어야 할 아내가 보이지 않는다. 이쪽저쪽 욕실에도 없고 앞쪽 뒤쪽 베란다에도 없다. 이 방 저 방 문을 열어 봐도 없고 현관, 다용도실에도 없다.

아내가 없어졌다.

말도 없이 어디로 갔을까. 쓰레기장에 나갔을까? 슈퍼에 장 보러 나갔나? 연락을 해보려고 휴대폰을 손에 드는 순간, 딩동! 문자 알람이 울린다. 아내가 보내온 문자메시지이다. 사진 한 장이 첨부되어 있다. 집에서 늘 공부하던 눈에 익은 책이 펼쳐져 있고, 커피를 담은 보온병 하나가 놓여 있는 사진이다.

'아니? 도서관 열람실이잖아?'

그리고는 행복에 푹 빠진 문자가 덧붙여졌다.

'이렇게 공부하고 있으니 대학생으로 돌아간 기분이네요.'

공부도 잘되어 만족감 최고란다. 아뿔싸. 아내의 지역도서관 입문.

아내는 평소에도 혼자 공부하기를 좋아한다. 신혼 때 아이들을 키우면서도 퇴근 후에 공부하겠다고 영어 학습동아리를 만들어 나다녔는데, 나는 나대로 밖으로 돌아다니느라 아내가 맘 편하게 외출할 수 있도록 도와주지 못했다. 지금 돌이켜 보면 아내에게 미안하기 그지없는 못된 남편이었다. 그런 어려운 상황 속에서도 아내는 게을리하지 않고 꾸준히 공부했다.

내가 대학원에 다니고 있었을 때, 아내에게도 대학원 진학을 권유한 적이 있었다.

"당신도 대학원에 다녀볼래? 깊이 있게 공부할 수 있을 텐데."

아내의 대답이 걸작이었다.

"나는 내 공부를 하기 위해 대학원에 다니지 않을래요."

학위를 얻기 위해서 형식적으로 학교에 다니며 시간 허비하는 공부보다는 자신이 원하는 공부를 자기 마음껏 혼자서 더 많이 하겠다는 의미였다. 대화를 하며 우리는 한참을 웃어젖혔다. 그렇다면 대학원에 다니고 있는 나는 형식적인, 포장을 위한 공부를 하고 있다는 반증이 아니냐며.

아내는 여일하게 혼자서 공부하기를 좋아했다. 지금도 주방 싱크대 위에, 냉장고 벽면에, 화장실 휴지 걸이 옆에도 영어 관용구 표현이 닥지닥지 붙어 있다. 오가며 보겠다는 것이다. 그만큼 알았을 때의 기쁨으로 가득 찬 아르키메데스의 '유레카'와 비슷한 기분으로 사는 걸까.

그러던 아내가 이제는 도서관으로 내달린 것이다. 그간은 코로나로 도서관이 문을 닫았었고, 겨우 문은 열었으나 다중 밀집 공간이라서 나도 갈까 말까 미적대는 사이 아내에게 선수를 빼앗겼다. 아내는 내일부턴 나와 같이 다니자는 말도 빼놓지 않았다. 선배가 되었다는 뜻이다. 내가 퇴직하면서 제일 먼저 소일하는 리스트에 올렸던 것이 '도서관 다니기'였는데, 선수를 놓쳤다 생각하여 소심한 질

투심으로 피식 웃었다.

지역도서관은 시설이 아주 잘 되어 있다. 지자체별로 경쟁하듯이 예산을 들여 꾸미고 갖추었기에 아주 쾌적하고 안락하게 잘 만들어져 있다. 조용한 도서관 열람실에서 두루 갖추어진 신간 서적을 접하고, 내가 하고 싶은 공부도 집중하여 할 수 있다는 것은 생각만 해도 뿌듯한 일이 아닐 수 없다. 집에서 뭉개느라 하릴없이 시간을 낭비하며 자칫 은퇴하고 나태해지기 쉬운 일과를, 규칙적으로 다니며 시간을 알차게 사용할 수 있는 일과로 바꿀 수 있는 최선의 방법으로 여겨졌기 때문이다. 그런데 퇴직하자마자 코로나 시국이 돼버렸고, 아쉽게도 리스트에 올려졌던 도서관도, 수영장도 문을 닫고는 울타리 안에 갇히고 꿈을 접어야 했었으니 아쉬움이 이만저만이 아니었다.

이제 코로나도 웬만큼 진정되어 가고 아내가 먼저 물꼬를 텄으니, 내일부터는 아내의 손을 잡고 도서관으로 출근해야겠다. 바깥 일거리가 줄어든 요즘 겨울나기에 최고의 일과가 될 것 같다. 따뜻한 온기로 가득 찬 열람실에서 아내와 어깨를 맞대고 앉아 독서 삼매경에 빠지고, 쓰고 싶은 글도 쓰다가 휴게실에서 같이 차를 마시며 휴식을 취하기도 하는 풍경을 그 어떤 멋진 그림에 비할 것인가.

Epilogue

세컨하우스 없었으면 어쨌을 뻔

어느덧 은퇴한 지 3년이 되어가고, 세컨하우스 생활도 많이 익숙해졌다.

무엇보다도 이곳은 퇴직했으면서도 여일하게 출퇴근하는 것처럼 집을 나서서 찾아갈 일터를 제공해 주었으니, 자칫 퇴직이라는 변화된 삶에서 올 수 있는 무력감을 해소해 준 무엇과도 비교할 수 없는 마음의 안식처 역할을 해준 곳이다.

아름다운 경치와 맑은 공기를 겸비한 전원에서 일도 운동도 놀이처럼 즐길 수 있고, 책을 읽거나 글을 쓰는 일도 안성맞춤이며 음악을 듣고 영화를 보거나 화단의 꽃들과 교감하게 되니 이곳은 힐링의 공간임에 틀림없다. 이웃들과 소통하며 진한 정을 나누고, 은퇴했음에도 찾아오는 친구와 지인이 많아 사람 사는 냄새를 물씬 나게 해주는 곳이다.

아내에게는 그토록 염원하던 텃밭을 가꿀 수 있게 되어 꿈을 이룬 공간이기도 하다. 사실은 아내가 텃밭을 동경했으면서도 정작 화단에서 꽃을 가꾸더니 꽃의 매력에 푹 빠져 이제는 주 관심 분야가 꽃으로 바뀌고 말았다. 화단을 직접 조성해가며 꽃을 가꾸고 꽃에 대해 학습을 일삼더니 아예 꽃 전문가가 되어 버렸다. 겨울부터 꽃씨를 파종하여 발아시키고 접하기 힘든 귀한 식물들은 삽목하여 번식시키고 나눔하는가 하면, 계절별로 꽃의 특성을 고려하여 화단을 꾸미는 등 아내에겐 이곳이 최고의 놀이터가 되었다.

우리 아이들도 세컨하우스를 마음에 들어 하며 적절하게 활용하고 있다. 휴일이면 찾아와 머무르며 인근에서 산책도 하고, 조용히 책 읽고 글을 쓰기도 한다. 큰아이는 이곳에 머무를 때마다 한 편씩 글을 써서 SNS에 발표하는 걸 보면 집필하기 딱 좋은 환경인가 보다. 아이들은 아파트 본가에서 만나는 것보다 이곳에서 모이기를 좋아한다. 일상을 탈출한 분위기여서 여행하는 듯 느끼는 모양이다.

아이들이 세컨하우스를 사용하겠다 연락이 오면, 우리 부부는 급히 펜션 주인 모드로 변한다. 청소하고, 침구를 갖추어 이곳에서 지내는 동안 불편함이 없도록 챙기는 일이다. 그때마다 우리 부부는 숙박비도 못 받는 공짜 펜션의 주인이라고 장난스레 푸념을 하며 웃곤 하는데, 이 또한 즐거운 일이다. 아이들이 이용하면 할수록, 지인들이 방문하면 할수록, 우리에게는 가성비가 올라가는 공간이기 때문이다.

꽃을 감상하는 일이 즐겁지 않은 사람은 없을 것이다. 아내가 힘들여 가꾸어 피워낸 화단의 수많은 꽃들을 혼자 구경하기보다, 더 많은 사람이 찾아와 같이 보면서 함께 예뻐하고 마음을 나누는 일처럼 가성비 높은 일이 어디 또 있겠는가.

주거지이면서도 때론 카페가 되고, 때론 도서관이 되기도 하고, 어느 땐 영화관이 되거나 여행자의 숙소가 되기도 하는 곳. 또한 채소를 가꾸는 텃밭과 예쁜 꽃들을 기르는 화단에서 내 손길을 받고 자라는 여러 생명들과 교감하며 시시각각 기대와 설렘 속에 매일 새로운 활력이 용솟음치게 하는 곳. 내 인생의 쉼표 같은 여행지. 이보다 더 좋은 낙원이 어디에 있겠는가.

가만 생각해보니 평생을 동분서주하며 앞만 보고 치열하게 살다가 은퇴한 내게 이제는 지친 마음을 녹이고 느긋하게 삶을 즐기면서 여유롭게 살아 보라고 주어진 일생일대 최고의 선물이 아닌가 한다. 대장정의 긴 항해 끝에 만난 눈이 부시게 아름다운 섬처럼 말이다.

글은 내가 썼지만, 세컨하우스 생활의 실제 주인공은 아내인 것 같다. 오랫동안 내 곁에서 나를 지켜봐 주고 나의 영감이 되어준 아내에게 이 책을 바치고 싶다. 그리고 소박하지만 행복한 인생 2막의 삶을 세상 사람들과 공유할 수 있도록 길을 열어주신 도서출판 푸른향기 한효정 대표께 무한한 감사를 드린다.

세컨하우스로
출근합니다

초판1쇄 2023년 4월 17일 **지은이** 한준호 **펴낸이** 한효정 **편집교정** 김정민 **기획** 박자연, 강문희 **디자인** purple **마케팅** 안수경 **펴낸곳** 도서출판 푸른향기 **출판등록** 2004년 9월 16일 제 320-2004-54호 **주소** 서울 영등포구 선유로 43가길 24 104-1002 (07210) **이메일** prunbook@naver.com **전화번호** 02-2671-5663 **팩스** 02-2671-5662
홈페이지 prunbook.com | facebook.com/prunbook | instagram.com/prunbook

ISBN 978-89-6782-185-2 03810

값 17,500원

이 도서의 국립중앙도서관 출판예정도서목록(CIP)은 서지정보유통지원시스템 홈페이지(http://seoji.nl.go.kr)와 국가자료공동목록시스템(http://www.nl.go.kr/kolisnet)에서 이용하실 수 있습니다.